ちくま文庫

熊の肉には飴があう

小泉武夫

筑摩書房

目次

熊の肉には飴があう

一、飛騨匠《ひだのたくみ》と「右官屋権之丞《うかんやごんのじょう》」

岐阜県の風土を表わすのに「飛山濃水《ひさんのうすい》」という言葉がある。山の国の「飛騨」と水の国の「美濃」という意味で、自然環境の特色を簡明に表現している浪漫あふれる言い方である。

その「飛騨」という地名は、山が「襞《ひだ》」をなして連なっているからとも、また辺境の地や山中の田舎を意味する「鄙《ひな》」に由来しているからとも言われてきた。飛鳥時代の文書では「斐陀」あるいは「斐太」と表わされていて、六世紀に斐陀国造《ひだのくにのみやつこ》の任命や斐陀国民部《みんぶ》の設定などが行われている。

しかし、八世紀初頭の『続日本紀』には、大宝二年（七〇二）四月八日の出来事として「斐陀国は名馬の産地で、飛ぶような驛《うま》を朝廷に献上し、天皇はこれを慶賀の徴《しるし》として瑞祥《ずいしょう》し、天下に大赦《たいしゃ》を行った」といったようなことが記されている。それを契機に和銅元年（七〇八）から「飛驒」の用字が公定された。「驒」とは「力強く荒々しい野生の馬」、あるいは「猛々しい葦毛《あしげ》の馬」を意味する。

律令体制下に置かれた飛驒国《ひだのくに》の郡《こおり》は、古川盆地以北の荒城郡《あらきごおり》と、高山盆地以南の大野郡の二つの郡であった。飛驒国司《ひだのくにつかさ》が政務を執る国府《こくふ》は古川郷と高山郷の間にあり、当時はここが国の中心地として栄えた。

大化の改新後の激動の時代、大和朝廷は人々の心を落ちつかせようと、大寺院の建設や遷都を幾度となく行なった。その結果、法隆寺や東大寺大仏殿、唐招提寺、興福寺五重塔、薬師寺などの重要な文化財がこの時代に建てられたのである。これらの歴史的建造物は、今では国宝に指定されているものばかりであるが、そのほとんどを手がけたのが、これから述べる飛驒匠《ひだのたくみ》といわれる大工集団であった。

山に囲まれた飛驒には、飛鳥時代から木工の伝統技術やそれを使った巧みな技法が伝承されてきたため、次第に名工集団が形成されていったのである。それに目を付けたのが大和朝廷で、集団を形成する古川郷や高山郷を中心に、飛驒国の民衆に「飛驒《ひだ》国条《こくじょう》」という「賦役令《ぶやくりょう》」を課したのである。この令は「調《ちょう》」と「雇《よう》」、すなわち税金と労役を免除する代りに、里《り》ごとに匠丁《しょうてい》（木工）三〇人を都へ貢進《こうしん》せよというもので、全国唯一の特殊な労役であった。いわゆる飛驒匠たちへの法的貢献金である。飛驒全体で一〇〇人、古川郷からは五人ずつ六組、計三〇人が一年交代で奈良時代は奈良の都へ、平安時代には京の都に上り働いていた。都では、木工寮《もくりよう》を中心とした建築関係の役所に配属されたが、それは彼らの技術力を十分に把握していた朝廷が、極めて重要な神社仏閣の建築に当たらせたかったからである。そして数年に一度、古川郷に里帰りすると、また再び都に行くといった生活であった。

その飛驒匠たちを、一躍有名にした媒体として、平安時代後期に著された説話集や随筆がある。例えば作者不詳の『今昔物語集』には、飛驒匠を名工として扱った説話が収められている。「今は昔」で始まるその物語集に述べられているのは、平安遷都の昔に天皇の住む御殿である内裏《だいり》の建築などで活躍した有名な飛驒匠が、当代きっての絵師百済河成《くだらのかわなり》と業比《わざくら》べを行ったという話である。河成は貴族画家で、絵の才能が卓越していたために宮中に召された絵師であった。そのような天才と互角に渡り合ったのが飛驒匠であったというので、たちまち飛驒匠集団が全国に広まったというのである。

また、『新猿楽記』は藤原明衡《ふじわらのあきひら》の随筆作品であるが、そこに登場する人物が檜前杉《ひぜんすぎ》光《みつ》というとてつもない名工である。飛騨国出身で、数多い飛騨匠の中でも、内裏の建築にかけては杉光の前に出る者はいないというほどの傑士であった、などということが記されている。

この労役制度は平安時代後期まで続くが、その後は飛騨匠の優れた技量が全国に知れわたり、名工たちは有力大名や名刹寺社から請われて、各地で腕を振るうことになる。日光東照宮の「眠り猫」の作者といわれる伝説的彫刻家の左甚五郎も匠の里の人物ともいわれている。

さてこの物語の舞台は、周囲を山々に囲まれ、緑美しく清流随所に湧き出る幽玄の郷、飛騨古川である。現在は岐阜県飛騨市古川町となっている。岐阜県北部に在る飛騨高地の北側にあって、古川盆地の中心部を占め、町の中央部を鮎が群れる宮川が流れている。中心集落の古川は、古代から飛騨国政務の中心であった国府《こくふ》の至近にあり、また中世には飛騨国司の姉小路《あねがこうじ》氏の拠点となり、近世は高山と富山を結ぶ越中西街道の中継地として栄えた宿場町である。古くから林産業や木工業、製薬業などが盛んで、また耕地に乏しい飛騨地方にあって、中心的な米作地帯でもある。そのような歴史的背景を持つ土地なので、昔から人物の往来は激しく、そのため参拝のための神社仏閣がとても多い。そこでは昔から神仏を祀るさまざまな例祭が行なわれてきており、例えば平安時代に創建されたという気多《けた》若宮神社の例祭である古川祭では勇壮な「起し太鼓」が行なわれている。裸の若者が太鼓をかついでぶつかり合う壮烈なもので、日本三大裸祭りの一つと言われている。また町内三つの名刹を巡る「三寺《さんてら》まいり」は、親鸞聖人の御恩を偲ぶ古川ならではの独特の伝統風習を受け継いでいる。

神社仏閣にも、飛騨匠たちの完璧な仕事ぶりが随所に残されていて、今もそれを存分に拝観することができる。開基天文元年（一五三二）の浄土真宗本願寺派本光寺《ほんこうじ》の本堂は明治三七年（一九〇四）の古川大火によって焼失したが、その後飛騨匠らによって再建された。木造平屋建ての威風堂々たる本堂は、総檜造りで、木造建築としては鐘楼とともに飛騨随一の大きさを誇る。桁行一四間、正面三間、屋根は銅板葺《どうばんぶき》、外壁は真壁造り白漆喰仕上げである。

同じく浄土真宗本願寺派の真宗寺《しんしゅうじ》は文亀二年（一五〇二）に白川郷で開基され、天文一一年（一五四二）に古川郷に移った名刹である。こちらも古川大火で焼失したが、現在の堂々として見事な本堂は明治四五年（一九一二）に匠らの手によって建てられたものである。中でも本堂正面にある「麒麟」、「龍」、「亀」の彫刻は彼らの技能がいかに優れたものであるかを知るのに相応《ふさわ》しいものである。

そして浄土真宗本願寺派の円光寺は、永正一一年（一五一四）に吉城郡《よしきごおり》に開かれた念仏道場が起源で戦国時代に古川郷に移ってきた寺である。古川大火では奇跡的に焼け残り、寺の本堂の屋根の下にある亀の彫刻が火から寺を守ったとされて、その亀は「水呼びの亀」と呼ばれている。この寺も飛驒匠の手によるものである。

その古川町の中心部に「飛驒の匠文化館」という飛驒匠の歴史や伝統技法を知る絶好の情報館がある。建物自体が、木の国飛驒で育った木材を使い、飛驒匠の秘伝の技を受け継ぐ地元の大工集団によって建てられたもので、釘は一本も使われていない。中庭に面する軒下には、この建物に関わった匠たちの紋章「雲」が施された小腕《こがいな》が連なる。

その「飛驒の匠文化館」から西北に向かって五キロメートルほど行った小高い山の中腹に、「棟梁坂《とうりようざか》」という一風変った名前の坂道があり、その曲りくねった長い坂を登りきったところに宮寺《ぐうじ》という地名の集落がある。山というよりは丘が連なったような丘陵地で、そこからは遠くに乗鞍岳や焼岳、槍ヶ岳、穂高岳といった北アルプスの名だたる峻峰が一望でき、その眺望は千金にも値するほどの素晴らしさである。春は雪渓を抱くそれらの山々を見ながら、集落を取り囲むようにして咲き誇る山桜や花桃、辛夷《こぶし》、木瓜《ぼけ》、椿、沈丁花《じんちょうげ》、山吹などの百花繚乱の彩りは、正に桃源郷そのものである。

その宮寺という里山には、現在専業と兼業の農家が一五戸ほどあって、そのほとんどがリンゴや梨などの果樹栽培と畑作、そして林業に携っている。以前は戸数が四〇近くあって比較的規模の大きな集落だったが、高齢化や後継者不足などで離農が進み、かなりの人たちが里を離れていった。そのため、全国の山村に共通して見られる空き家も少なくないが、この宮寺地区の場合は様子がかなり違っている。

それは、どの空き家も実に大きく頑丈で、堂々としていて、豪農の館《やかた》とさえ思わせるような風格を持っていることである。白川郷や五箇山に見られる四層、五層建ての巨大な合掌造りとまでは行かないけれども、屋根は入母屋式でその裏に二層の空間を確保し、屋根裏に養蚕などの作業空間を広くとっている構造となっている。また玄関の土間は広く、一段上った板の間には大きな囲炉裏があって、天井から自在鉤《じざいかぎ》が下ろされている。その板の間の先には、三〇畳敷きの大広間があり、神棚が祀られ、仏壇も置かれている。板の間の左奥には大きな台所と竈《かまど》場があって、その一段下の板の間にも囲炉裏が切ってあり、そこで家族が食事などするのである。二階あるいは三階の部屋又は作業場へはその居間から階段を昇って行ける。裏の方には廊下を渡って棟続きで行け、そこを下りると便所と風呂場があり、実に合理的に設計されている。これが宮寺地区の農家の一般的な内部で、どの家もほぼ共通した配置をしている。

とにもかくにも、この集落の空き家の場合は、全国の山間僻地でよくみられる廃家のようなものとは全く異なり、実に奇特なものばかりなのである。実はそれには歴史的由縁があるのだ。宮寺の歴史は大変古く、奈良時代にまで遡るといわれている。当時、ここに住む人たちは、山からの潤沢な木材を扱う仕事をしていて、木を切り出す杣夫《そまふ》と、それを製材加工する木取《きどり》とに二分されていた。しかし彼らは、そのうちに杣夫と木取の二つの仕事を区別せず、ひとつにまとめて、山から厳選した木を切り出してきて、それで家を造ったり彫刻をしたりする木工集団を形成していく。その後この集団は次第に業績を積み重ねていき、それが伝承されていくと、やがて木工匠《もくのたくみ》と呼ばれる芸術的技量を持った一団として成長していくのである。

おりしも時の天皇は、都造りのために勅令《ちょくれい》を発し、建築に当たる職の中で木に関わる職を「右官《うかん》」、土に関わる職を「左官《さかん》」と呼んで区別し、その右官に飛驒の大工集団すなわち飛驒匠を当てたのである。その令にともない、飛驒国造《ひだのくにのみやつこ》は木工匠の中から優秀な人材を選び、都へと送った。

しばらく経つと宮内省の木工寮《もくりょう》は、飛驒の木工匠集団の腕を高く評価し、彼らを特別に「宮寺右官《ぐうじうかん》」と位置付けた。この右官に撰じられたのが古川郷の匠たちだったのである。以後その工匠の郷を「宮寺」と地名した。

古川の町から宮寺の集落に行く途中の「棟梁坂《とうりょうざか》」の名も宮寺右官に関係するといわれている。「棟梁」という言葉は今は「大工の親方」という意味に用いられることが多いが、それは江戸期からのことである。『続日本紀』の景行天皇の条《くだり》に、軍事貴族の武内宿禰《たけのうちのすくね》を「棟梁之臣《むねはりのおみ》」と表現しているのを見てもわかるように、すでに奈良時代初期には「棟梁」の言葉は使われていて、「組織や仕事を束ねる中心人物」の意味に当てられている。つまり「貴族棟梁」や「武士棟梁」のことで、建物の「棟《むね》」と「梁《はり》」は最も高い位置にあり、かつ重要な役割を占めている部分であるため、それが転じて国家などの組織の重要人物を指したのである。そのため「頭領」「統領」などという表現も見えたのである。

これに対して「大工の棟梁」は江戸時代に登場した呼び方で、大工の元締めや現場の総監督を指す尊称である。建物の最も重要な部分の棟と梁を「番匠《ばんしょう》」とも呼び、それを自ら手がけ、またその番匠を棟上げし、槌打《つち》ちして建築に携わる者に災いが及ばぬよう邪気を祓い去る祭祀の儀礼も、現場総監督の職責であったのでこの名が付いたのである。

宮寺の匠たちは、「賦役令」が平安時代末期に終っても、彼らの技巧水準の高さから全国各地の神社仏閣や大名たちに請われて建築に出て行った。その中には全国的に名の知れ渡った匠もいて、たまに里帰りするときは、長い坂を登ってきて宮寺に錦を飾るので、そのうちに村人は誰となく「棟梁坂」と呼んだのである。

ところで、古川の近郊で農業や林業を今も営む多くの農家は、二〇〇年、三〇〇年という長い間、先祖代々の田畑や山を守り続けてきた。従って住んでいる家屋《かおく》も、建てて一〇〇年や二〇〇年というのは当り前で、中には三〇〇年も経っていて、有形文化財に指定されている家屋もあるのである。

その宮寺の集落から一番奥の、山の裾野に近いところに、古くて大きな家屋を構えた「右《う》官屋《かんや》権之丞《ごんのじょう》」という奇妙な名前の料理茶屋がある。主人の藤丸権之丞誠一郎《とうまるごんのじょうせいいちろう》は五八歳。藤丸家第一四代目の父親権之丞誠十郎が隠居するまでは藤丸誠一郎が姓名で、その後一五代の跡目を継いで権之丞誠一郎を名乗った。家族は妻の静代五六歳、長男誠也三〇歳、次男誠二二五歳、長女美鈴《みすず》二一歳の五人同居で、一家全員で力を合わせて料理屋を営んでいる。五人同居と言っても、切妻造りで茅葺きの合掌造り様式が二棟あり、それぞれ家族の住居と料理屋に使い分けている。父親誠十郎と母ヨノは、八〇歳を越しても元気で、近くに建てた隠居所にいた。

その料理屋のことを地元の人たちは「右官屋」と呼んでいた。従ってこの物語でも以下はその名で通すことにする。「右官屋」という屋号を持つ藤丸家の歴史は相当古い。今から三〇年ほど前に行なわれた家屋の大改修工事のとき、神棚の上の梁に貼ってあった神社の木札には「元和六歳初午」とあった。これは西暦一六二〇年のことであり、今から四〇〇年も前のことである。

屋号が「右官屋」であることを見ても、元祖は飛騨匠であることは容易に推察ができ、そうすればさらにずっと古い歴史を辿らなければならない。平安時代から江戸時代に至る匠の家は、大概は農業と林業を兼業していて、主人の匠が長丁場で各地の建築現場に就いているときには、残った嫁を中心に家族全員で田畑を耕やし、山仕事をした。

また匠は、必ず遠くへ出るとは限らず、一年中飛騨の家に籠《こも》って欄間《らんま》や透《すか》し彫《ぼ》りなどをする彫物師となって、出来上った作品を何人かの仲間と担いで依頼主の元へ届けていた。そして、その匠たちの技術の伝承は、長男を中心とする家族の男衆あるいは村人の中で特に将来性のある弟子たちに行なっていた。

屋号に「右官屋」を持つ藤丸家が、いつ頃まで木工匠を輩出していたのか、またいつ専業農家になったのかについての記録は残っていない。しかし、農業から料理屋に転換したのはつい近年で、当代の第一五代目が始めたことにある。その藤丸家第一五代跡目の権之丞誠一郎は地元の農業高校を卒業すると直ぐに農家を継いだ。そして、二〇歳の成人になると猟銃免許を取得し、農業の傍《かたわ》ら副業として猟師をしていた。山には熊、鹿、猪《いのしし》、野兎《のうさぎ》のような食肉獣や鴨、雉《きじ》、山鳥《やまどり》、鶫《つぐみ》、鶉《うずら》、山鳩、鵯《ひよどり》などの食鳥が豊富で、それらを獲って肉や毛皮を売り結構な稼ぎをしていた。すると田畑の仕事は手薄となったので、そのうちに自分たちだけで食べる米や麦、芋、野菜などをつくる自給自足農業となり、誠一郎は猟師を本業化していく。とにかく動物的な動きと勘が鋭く、射撃の腕前も群を抜き、山を知り尽くし、罠《わな》の掛け方も抜け目なく、その上、猟犬育成と訓練には天性のものがあり、さらに射止めた獲物の解体と処理にも長けていた。そして何といってもすごいのは、獲物を使った料理の巧みさで、誰もが舌を巻くほどの腕前であった。

つまり誠一郎は、玄人《プロ》の猟師と料理人になるべく全ての資質を備えていたので、そのうちに「飛騨またぎの俊傑」と噂されるようになった。彼はまた、山に入って独り黙々と狩りをする性格ではなく、周囲にはいつも明るく朗らかに振る舞い、飛騨の里山の人間にしては珍しく社交的であった。そのため、頻繁に猟師仲間や近所の人たち、あるいは古川の有力者たちを家に招待して、獲物を自ら料理しては振る舞うのであった。

野生動物の肉は美味しいし、誠一郎の料理の腕は極み付きだったので、招かれた人たちは大満足であった。そのうちに誰ともなく「いつも只でご馳走になるのは肩身が狭い。今後は会費制にしよう」という意見が出て、一旦はそれで衆議一決した。ところがまた別の人から「どうせそのようなことになるのであれば、いっそのこと料理屋を開けばいいのではないか。料理材料は調達できるし、料理も上手なのだから」という案が出ると、全員がそうだ、そうだと気勢を上げ、それからというもの、それ行けどんどんといった流れに押されて誠一郎もその気になった。誠一郎が四五歳となったとき、そして長男誠也が一七歳で地元の農業高校三年生のときであった。

料理屋の名は、藤丸家の屋号である「右官屋」をそのまま冠に置き、先祖伝来の襲名である「権之丞」をその脚《あし》に付けて「右官屋権之丞」としたのである。周りの支援者も町の有力者も、ただの「右官屋」とするよりもその下に「権之丞」を付けた方が重みがあっていい、という意見であった。そうして切妻造りで茅葺きの大きな合掌造りの家屋一棟を、外側はそっくりそのままにし、内側だけを大規模に改装して料理茶屋の風体《ふうてい》とした。

完成したその料理茶屋は、櫟《くぬぎ》や楓《かえで》、山法師などの樹木に囲まれて、自然の中でひっそり佇み、閑寂《かんじゃく》の中に侘《わび》さえ感じさせるものであった。そして広い玄関口いっぱいに掛けられた白麻《はくま》の生地の暖簾《のれん》には墨書で「右官屋権之丞」と染め抜かれ、その粋さは心憎いばかりである。

こうして出発した料理屋は最初から順調であった。開業した昭和五四年は高度経済成長も終って、日本は経済的に安定し、その七年前に田中角栄総理大臣が発表した「日本列島改造論」も動き出し、地方にも中央からの経済波及が伝播してきたころであるのも幸いした。初めは週に二日料理屋を開けた。誠一郎が猟をして獲物を捕ってきて処理し、下ごしらえをする時間を十分にとったのである。

妻の静代は家事全般をこなしながら、客に出す料理で使う野菜などを畑で栽培している。料理屋を始めたその日から、隣町の国府町に住む親戚の娘が住み込みで助けに来てくれたのは非常に助かった。長男誠也は農業高校を卒業すると直ぐに、三年間の約束で高山市にある老舗料亭「酔月楼」の厨房で修業に入った。この料亭には、誠一郎が野鳥などを時々納めていたので、主人とは呼吸《いき》が合い、ひとつ返事で引き受けてもらったのである。

ところで前にも少し触れたが、誠一郎の猟銃の腕前は群を抜くほどのものだった。二五歳ごろから本格的に狩猟を始めると、見る見る間に頭角を現わし、猟に出る度に雉や鶫、野兎を、時には鹿まで射止めて帰って来る。彼は第一種猟銃免許を取得しており、装弾銃では散弾銃とライフル銃を数丁所持していた。高山地区猟友会主催のクレー射撃大会は年に二度行なわれるが、出場する度に優勝あるいは入賞する腕前だった。猟犬は猟師仲間から分けてもらった中型和種の紀州犬二頭とイングリッシュ・ポインター一頭を飼っている。昔からの格言に狩猟の成功は「一犬二足三に腕」と言われて、いかに犬が大切かを誠一郎はよく知っている。だから犬との行動はいつも阿吽《あうん》の呼吸《いき》をぴったりと合わせていた。紀州犬は熊、猪、鹿を撃つとき、ポインターは野鳥を狙うときと使い分けている。野鳥を狩るときは大概一人で山に入るが、獣の場合は数人の仲間とともに出撃するのが掟であるので、皆と綿密に作戦を立て、連携プレーで行動した。そして獲物を捕ると、今度はその場で皆で協力し合い血抜きや解体をするのであった。

一方誠也は、三年間の修業を終えると直ぐに第一種猟銃免許を取得、父誠一郎の下で狩猟と料理を学んだ。こうなると誠一郎は格好の手子《てこ》を得たのでさらに獲物を多く仕留めるようになり、週二日の営業も週四日となり、そのうちに日曜日を休業とするだけの週六日営業となったのである。そうなると誠一郎と誠也だけでは客を賄いきれず、高山市で小料理屋を営んでいたが店を畳んだ熟練料理人と、中津川市の山中の野鳥料理屋で修業していた古川町出身の若者を雇った。その熟練の料理人の名は畑野修平といい、誠一郎より三歳下。黙々と料理をする実直な人物で、料理の腕前は高山でも名の知れ渡った職人である。店を畳んだのは、ずっと一緒に小料理をやってきた妻が突然亡くなり、それが契機となって店を閉めて雇われ職人を決心したからである。また若者の名は柴山真一で二三歳。将来高山で鮎や野鳥を専門とする料理屋を開くことを夢見ている青年で、中津川での五年間の修業を終え、これからどうするかを模索中に誠一郎から声をかけられたのだ。中津川の料理屋に獲物を売っている猟師がたまたま誠一郎の知り合いで、そこからの話がきっかけであった。また、手伝いに来ていた親戚の娘が結婚を機に辞めることになり、新たに二人の通いの仲居を採用した。

こうして「右官屋権之丞」は、料理屋としての体裁が整い、いよいよ本格的な野趣専門料理屋へと突き進んで行った。しばらくの間、猟は誠一郎と誠也が交互の形をとって出かけていたが、誠也は何といっても誠一郎の遺伝子をしっかりと受け継いでいるため、狩猟の腕前も抜きん出ていた。獲物の居場所や犬の扱い、射撃の正確さ、獲物の処理など、とにかくプロの猟師が具備していなければならない要件は全て備え持っていたのである。

二、野兎《やと》と雉《きじ》

ある朝、誠也は猟銃を持ち、イングリッシュ・ポインターのサスケを連れて裏山に入った。裏山といっても樹木が繁茂している急峻な山で、途中には羚羊《かもしか》が毎日のように行き交う獣道《けものみち》もあるといった所である。午前六時半にはその山の頂上付近で雉一羽と野兎二羽を仕留め、七時半にはその獲物のほかに更に一羽の雉を加えて帰ってきた。野生動物の豊富な山だからそれだけ獲れたのだろう、などと思う人もいるだろうが、猟とはそんな簡単なことではない。第一、狩られる方も命がけで身を守る本能を発揮しているのであるから、そうやすやすと撃たれはしない。その動物の本能と運動力、そしてスピードを超越しなければ獲物を獲ることはできないのであるから、それは実に難しいのである。

その日は、誠也の獲ってきた雉と兎肉を主な材料にして、誠一郎と畑野修平、柴山真一の三人が料理をつくるのであった。とにかく誠一郎の料理哲学は、料理屋としての常識では考えられないほど軌道を逸したもので、それを実践していることに凄さがあった。例えば料理屋の看板、あるいは顔の一部ともいうべき料理の品書きが置いてないのである。そのため客は注文することもできず、ただ出された料理を食べるだけとなる。つまり毎日がおまかせ料理というわけで、そのことを知っている客がほとんどなのだ。客にとっては、今日は一体何を食べさせてくれるのだろうか、といった期待心と幾分の冒険心を掻き立てられながら、料理が出てくるのを待つのであるからそれは楽しみである。

一方、店の方は大変な苦労を強いられる。その日その日で料理材料を入れ替えながら、それをいつも新鮮に保って置かなければならないからである。さらに、常に山や川から獲物が獲れるとは限らず、また雨、雪、風といった天候によっても出猟が左右されるので、その時の対処にも備えておかなければならない。

誠一郎はなぜこのようなやり方に固執するのだろうか。いわば誠一郎の料理哲学であるが、それを書き出してみることにしよう。先ず第一は、「使う材料は必ずその土地で調達し、それを使って美味しい料理をつくることに徹する」ことにあった。飛驒の山や川にはさまざまの山菜や雉、山鳥、鴨、鶉《うずら》、鵯《ひよどり》、山鳩などの野鳥、鹿、熊、猪、野兎などの獣《けもの》、山女《やまめ》、岩魚《いわな》、鱒《ます》、鮎、鮠《はや》、鯉、鮒《ふな》、泥鰌《どじょう》、川海老などの魚介が豊富に生息しているので、それを獲ってきて料理することこそ新鮮で美味しい味を客に提供できるという考えだ。すなわち「就地取材《しゅうちしゅざい》」の心得である。

第二は、「豊富な食材を組み合わせて、自由自在に美味しい料理をつくるに徹することである。それぞれの材料には個性とか持ち味があるが、必ずそれを生かしながら他の材料と合わせて美味しい料理をつくるということで「食材自在《しょくざいじざい》」の精神だ。

第三は「野に生えたどんな山菜でも野生の生きものでも、時間と手間をかければ高級料理の材料に仕立てることができるのだから下拵《したごしらえ》に徹する」こと、すなわち「粗料《そりょう》細作《さいさく》」の作法だ。

そして第四は「自然な材料を自然な調理で料理することは体に優しく、健康を保つので、客にはこの心を忘れることなく提供するに徹すること」としている。すなわち「医食同源」の心構えである。

誠一郎はどうしてこのような哲学あるいは精神を抱いたのであろうか。実は彼は青年時代から大変な読書家で向学心に燃えながら育ってきた。地元の農業高等学校時代には食べものに興味があって食品製造科に学んでいたこともあり、食品の製造のみならず、食文化に関する本や食にまつわるさまざまなエッセイ等を片っ端から読み耽っていた。幸いなことに、農業高校の図書館には、食に関わる本が数多く蔵書されていたので、毎週のように学校から読みたい本を借りてきては読書した。そして感心させられたことや目から鱗の話などはことごとく自分用「読書録」に書き込んでいったのである。

高等学校を卒業して実家の農業を継いでからも、読書の趣味は続いた。読みたい本があると、暇をみては高山市の書店を何軒か回って買い求め、夜な夜なこれを読むのを何よりの楽しみにしていた。そのうちに狩猟を始めると、今度は徹底的に銃の本を読み、猟犬に関する本を集め、獣の解剖学の本まで読んでいる。このように知識を重ねていったので、実際現場で狩猟仲間の先輩たちから銃の扱い方や熊や鹿の解体などを教わる時も、とても理解が早かった。そんな誠一郎をひと言で言い表わすとすれば「理論武装した武闘派の猟師」ということになるだろう。

一方で読書は誠一郎を玄人の料理人としても大成させる一因となった。とにかく高等学校時代から食に関する本を読み始め、猟師になってからは鳥獣料理の本にまで範囲を広げ、ただ読むだけでなく実際につくって味わってみるといった自己実学の実践まで行なってきたのである。正に「理論武装した包丁人」ともいえよう。

それに加えて、誠一郎の料理哲学発想の母体は遥か遠い昔に遡《さかのぼ》ったところ、つまり誠一郎の先祖が代々飛騨匠であることに辿り着くのではないだろうか。これまで述べてきたように、飛騨匠集団は実直な気質を備えて、優れた芸術感覚とそれを余すことなく表現できる精神力と技術力を持った人達であった。どんな仕事に於いても伝統と技量を守り、いつも研究心を絶やすことなく精進してきた血脈が、そのまま誠一郎の熱い血にも流れ込んでいるのであろう。飛騨匠は木工の匠であったが、誠一郎はその精神を受け継いで御膳匠《かしわでのたくみ》になろうとしているのである。木工と料理とでは大きな違いはあるけれど、人を楽しませ喜ばせ、そしてその使命を叶えるものづくりに変りはない。現代でも文化庁が認定する「現代の名工」には技量に秀でた料理人や酒造りの杜《と》氏《じ》などが選ばれているのである。

誠一郎の読書歴の中でよほど感動したとみられる箇所が彼の「読書録」に残っている。高等学校を卒業してしばらくしてから読んだ本なのだが、何とそれは『万葉集』の歌についてのことであった。読んだ本は『恋歌万葉集』だとメモされていて、当時青春時代の誠一郎は恋歌にも惹かれていたのであろう。何となく浪漫チックに耽って、そのような本を手にとったというわけだ。ところが、その本を読んでいるうち、偶然に何と飛騨匠の仕事ぶりが『万葉集』の恋歌に使われていることを知ったのである。それを見つけて誠一郎がよほど驚き、感動し、嬉しさのあまり舞い上ったことはその「読書録」に如実に表われている。というのは、他のページのメモは全て青字の万年筆あるいは黒字のボールペンで書かれているのに、そのページだけは赤インクでしっかりと書き込まれているのだ。

そこには先ず歌が書かれて、次に著者による現代語訳と歌番号が書かれている。「「かにかくに物《もの》は思《おも》はじ斐太人《ひだびと》の打《う》つ墨縄《すみなわ》のただ一道《ひとみち》に」（詠み人知らず）著者訳「あれやこれやと思ったりしません。飛騨人の打つ墨縄のようにただ一筋にまっすぐあなたを思っています」（『万葉集』第一一巻歌番号二六四八番歌）」。この歌と出合って、飛騨の人なら、ましてやその飛騨匠の血筋を受け継いでいる誠一郎ならば、相当熱い思いに晒《さら》されたことは想像に難くない。

ところで話を戻そう。誠也が朝獲ってきた雉二羽と野兎一羽を使った、その日の誠一郎の料理のことである。季節は秋深く、裏山の木々も紅く染まり、もうもうと落葉も舞う時期。山では木の実も撓《たわわ》に実って動物たちの動きも活発になり、地面には茸《きのこ》が其処《そこ》彼処《かしこ》と這《は》えわたる豊饒の時季である。そのような秋は誠一郎にとって正に腕の見せどころである。

先ず獲物の処理から始める。下拵えも味のうち、を信条にとにかく料理の良し悪しは下拵えに在《あ》るのだと、経験を踏んでずっと思い続けてきた誠一郎は、野兎の解体にも雉を下ろすのにも入念に時間をかけて行なうのである。兎は先ず、毛皮を上手に剝《は》ぎとって丸裸にする。勿論毛皮は捨てずに鞣《なめ》して座布団などの敷きものに使う。胴体の腹部を割いて内臓を取り出す。このとき、客が食べるものと犬に与えるものを丹念に分ける。客用には心臓、肝臓、胃袋、犬用には大腸、小腸、腎臓などである。首から上を切り落とし、それは犬用に回し、胴体の脚部、腕部、肩部からはそれぞれ正肉を切り取り、骨に付いた肉まできめ細かく取り尽くす。頭と首部を切り離し、頭はほぼ四つ割りにし、首は骨ごとぶつ切りにし、それを内臓とともに湯煮し、犬に与える。生のままで与えないのが誠一郎のやり方で、これは以前に生で食べさせたとき、兎に付いていた寄生虫で犬が発病した経験による。

心臓、肝臓《レバー》、胃袋を丁寧に下拵えし、それを串に刺して特製の付けダレで焼き上げ、自家製の粉山椒を撒いて客に出す。これが実に野趣満点で美味い。心臓はコリコリとして、そこから濃厚なうま味がジュルジュルと湧き出してきて、嚙めば嚙むほど味がほとばしって出てくる。肝臓はポクポクとしてとても柔らかく、そこからも重厚なうま味がトロトロと流れ出てくる。胃袋は独特のシコリ、シコリとした歯応えがあり、味はそう濃くはないが、穏やかなうま味と微かな甘みが特徴である。骨は兎汁をつくるとき、煮込んで出汁《だし》をとるために残しておく。また骨を包丁でよく叩き、髄液と共に小麦粉をつなぎに団子にし、汁の実にもする。肉は煮ものにしたり、焼きものにしたり、汁の実にも使う。兎飯《うさぎめし》には欠かせない材料で、この飯がまた美味しい。

そのような兎料理の数々も以前に読んだ本をメモした「読書録」から引っぱり出した知識に誠一郎の感性を加えて完成させた調理法であった。また、猟師仲間のうちの何人かは、土地の古老から昔の兎の喰い方あるいは調理法を伝授されていて、その方法を誠一郎は別の備忘録である「覚え書帳」にもメモしている。二〇冊近く残されている「読書録」には、兎の喰い方のみならず、その周辺の食文化についても例えば次のようにあちこちにメモされている。

「わが国の習俗として、獣肉食が忌避された時代にも兎のみは特殊な扱いを受け鳥類と同様に扱われたのは、味が淡白で鶏肉に類するためである。また、江戸期に兎料理が公認されたのは、徳川家の嘉例として正月元旦に兎肉を調理し羹《あつもの》の汁として供されていたからである。この汁は初登城の大名や幕臣たちにも下賜された」。

「兎肉は蛋白質二〇・九％、脂肪一一・二％で栄養価値は高く、肉質は軟かいので消化もよく、煮ても焙《あぶ》ってても汁にしてもよい。普通には他の鳥獣肉と同じく鍋物にして煮ながら喰うが、葱を必ず用い、また生姜《しょうが》も用い、味噌仕立てにするのは一種の獣臭を消すためである」。

「南信州の里山では、冬期に野兎が沢山捕れる。先ず皮を剝がし、それを鞣《なめ》して敷ものなどに使う。肉は直ぐに喰うときは、丸裸にしたまま全体に塩を軽く塗《まぶ》してから吊るしておき、食べる分だけ切り取って用いる。他は藁苞《わらづと》に入れて、土に掘った三尺（約一メートル）ほどの深さの穴に埋めておき、二月末ごろまでの間、必要なぶんだけ掘り出して食べていた。大晦日には里芋、人参、ゴボウなどとともに煮〆《にしめ》にした。また肋骨《あばらぼね》などの骨は石の上に置き、金槌で叩いて練糊状にし、それに肉と小麦を加えて五分（約一・五センチ）ほどの団子にし、それを年取り汁に入れて喰った」。

「庄内地方の山里では、正月や祭りのときなどに兎を食べた。肉はゴボウ、人参、大根などと煮つけにし、骨は水に潤《うる》かした大豆と混ぜて叩き、ペトペトにしてから小麦粉を少し入れて丸め、団子にして汁の実にした。その山兎は満作《まんさく》の花が咲く頃が一番美味いというので満作兎《まんさくうさぎ》として珍重した」。

「山で生け捕りにした兎は、ブリキで柵《さく》を囲った檻《おり》をつくり、周りを稲藁で囲んで暖房し、檻の中にも稲藁を敷いて、そこに入れて飼う。餌は養蚕用の桑の葉又は葛《くず》の葉を乾燥しておいたものを与える」。

野兎の一端だけでもこのようなことが書き込まれていて、そのほかに熊のことや鹿、猪、野鳥類、魚類、昆虫類、蟹、爬虫類や両生類、野草、木の実などに及ぶ食周辺のことが多岐にわたってメモされているのだから驚く。これは誠一郎が持つ飽くなき探求心と、何でも美味しく食べてやろうとする執念、徹底したメモ取材、そして何事にも興味を持つ稀なる好奇心がそうさせたのであろう。

この二〇冊近い「読書録」や一〇冊に及ぶ「覚え書帳」のほかに、料理屋にとって存亡さえ左右しかねない料理伝書を誠一郎は一〇年以上もかけて書き残してきた。それが「右官屋権之丞料理伝書」で、全部で一七冊のノートに認《したた》められている。その朝誠也が獲ってきた野兎は、その日の客への「兎飯《うさぎめし》」にも使われたが、その料理法もその「右官屋権之丞料理伝書」に記載されている次の炊飯法を基につくられた。

「兎飯の処法。三〇人前。一キログラムの兎肉を小さめに薄切りし、酒一五〇cc、醤油一五〇cc、味噌一五〇グラムを混ぜ合わせた調味液に一五分漬けておく。一〇かけの茹で筍《たけのこ》、五枚の蒟蒻《こんにゃく》、一〇枚の石づきを落とした椎茸は薄切りにする。人参五本は平《ひら》細切りにする。蒟蒻は沸騰した湯に三分間入れてアクを抜いておくこと。三キログラムの米を研いで釜に入れ、普通量より心もち少なめの水を加え、そこに調味した兎肉と野菜などの具を入れ、あとは通常で炊く。炊き上ったら、釜の炉の中は火を止めたときのままの高温で、蓋をしたまま蒸らすこと」。その料理書には、この兎飯のほかに兎汁、兎煮〆《にしめ》、串焙り肉山椒粉振り、兎鍋、兎肉の燻製、兎肉味噌煮込、兎肉味噌漬けなども記されている。

雉は羽毛が美しい上に肉が美味なために古来から最も品位の高い食鳥として喜ばれてきた。そのため客からの要望も多く、「右官屋権之丞料理伝書」にもこの野鳥の料理の種類は少なくない。この日は「煎鳥《いりどり》」と「擂汁《すりじる》」を客に出した。雉の解体は誠一郎が行ない、「煎鳥」と「擂汁」の料理は畑野修平が当っている。修平は長く高山市内で野鳥料理や川魚料理を専門とする小料理屋を開いていたので、このような料理は得意中の得意だ。誠一郎も修平の腕前は百も承知なので安心してまかせている。

「煎鳥」は雉の皮付き肉を薄く切って酒に浸し、空鍋に並べて煎り焼きし、皮の曲るまで焼いたら別の器に取り上げておく。その鍋に蒟蒻、蓮根、ゴボウの薄切りと銀杏を入れて煎り、酒、砂糖、醬油で味を付け、食膳に供する直前に取り上げておいた雉肉を入れてざっと温め客に供するのである。客からの好みがあれば、薬味には粉山椒や七味唐辛子、山葵《わさび》などを添える。

この煎鳥は大変美味しい。雉の肉自体が野鳥肉なのでうま味が濃いところに、酒や醬油などの調味料でうまじょっぱみを付け、野菜や蒟蒻も雉肉のうま味を吸って仕上ってくる。また、全体が皮からの香ばしい匂いに包まれていて、それが野趣満点の妙味を奏でてくれるのである。

「擂汁」は、雉肉をよく叩いてそれに酒を加えてから擂鉢でよく擂り、そこに葱の微《み》塵《じん》切りと味噌を加えてなおよく擂り混ぜ、その擂り味噌を使って味噌汁に仕立てたものである。とても濃厚な味の汁となり、味噌汁というよりも舐《な》めながら酒の肴にしても結構な逸品である。

雉肉での酒の肴といえば、最初の突き出しとして酒の当《あて》に出される「雉法論味噌《ほろみそ》」

である。「右官屋権之丞料理伝書」でもこの名品を客へ最初に出すようにと書かれていることが多い。「法論」とは奈良の寺院（興福寺、東大寺、元興寺など）での法論の際に肉抜きで仕立てられる味噌のことである。「右官屋権之丞料理伝書」では次の通り。

「雉肉法論味噌三〇人前。雉肉一〇〇グラムを細かく切り、俎板の上でよく叩く。鍋に中辛味噌一〇〇グラム、砂糖大匙二、酒大匙二、水大匙二を入れて練り、雉肉を加えて弱火にかけ、搔き混ぜながら煮る。そこに黒胡麻大匙一、麻の実大匙一、胡桃《くるみ》大匙一、割山椒小匙一を加え、水気が無くなる手前まで煎る。決して焦げつかせてはならない。これをおてしょ（小皿）に一人につき一〇グラム弱を盛って出す」。

三、錆鮎《さびあゆ》

さて、秋の中心料理のひとつは「落ち鮎」である。飛騨古川には町の中央を鮎漁で知られる清流宮川《みやがわ》が北流している。飛騨高地の川上岳《かおれだけ》に源流を持ち、高山市や古川町を経て富山県境で高原川に合流、やがて神通川となる煌く川である。古川の町には幾つもの鮎釣り場や簗場《やなば》があり、初夏には背鰭《せびれ》が黄色を帯びた蒼褐色に、腹は黄白色に、尾や胸鰭はやや赤みに彩られた優美な形の若鮎がピチピチと躍り上がってくる。

そして産卵期の秋になり、水温が二〇度を下まわるころ、上流に昇って大きく育った鮎は漸次下流に降りてくるので俗にこれを「落鮎《おちあゆ》」という。あるいは全身が成熟して錆色を帯びるのでこれを「錆鮎《さびあゆ》」というのである。一一月ごろになると多くが下流から河口付近の川底に在る握り拳《こぶし》大の石を産床に卵を産み、孵化した幼魚は海に下り、翌年の春三〜四月ごろに群をなして川に遡上するのである。

初夏の若鮎は大概釣りや投網で獲るが、錆鮎期は簗が使われる。とにかく古川は鮎の聖地《メッカ》であるので、「右官屋権之丞料理伝書」の鮎料理の部には四〇品目もの料理法が載っている。その幾つかをみると、塩焼き、みそ焼き、膾《なます》、背越《せごし》、洗い、魚田《ぎょでん》、焼き干しの煮付、鮨《すし》、一夜干し、天麩羅、甘露煮、鱁鮧《うるか》（苦《にが》、子《こ》、蜜《みつ》）、鮎飯、鮎雑炊《ぞうすい》などがある。

さて、その日は秋の錆鮎が古川の簗に上がり始めて数日後であったので、誠一郎は「錆鮎鍋」をこの日の料理の主役に据えた。鮎は本来塩焼きや味噌焼きのように焼くと香ばしくなり美味しいのであるが、煮炊きするとなると甘露煮がせいぜいである。ところが誠一郎はこれを鍋でやるのだから大胆だ。勿論、春の鮎では決して行なわず秋の錆鮎の時だけの鍋である。それは春の鮎は焼いてこそ鮎本来の持味が楽しめることと、その時期は脂肪も乗っておらず、鍋にしても十分なうま味も出ない。ところが錆鮎となると話は別で、脂肪がしっかりと乗り、また腹いっぱいに卵を抱いていて、実に豊満なうま味が出るのである。

「中型土鍋にてつくる。二人前を一《ひと》鍋とす。子持ちの錆鮎二尾は内臓を取り除き、水洗いして水気を拭きとり（卵は抜かないで腹の中に残す）、二尾とも三つにぶつ切りにする。それを炭火で素焼きにする。鍋に昆布出汁《だし》四〇〇ccを入れ、味醂、醤油、酒をそれぞれ小匙一ずつ加え沸騰させる。そこへ素焼きした鮎を入れてひと煮立ちさせる。頃合いを見て笹掻きゴボウ、人参、白菜、焼豆腐、茸（しめじ）、玉葱、三葉、油揚げ、大根をざく切りにしたものを入れて煮立たせ、ゴボウがしんなりしてきたら出来上り。薬味には柚子胡椒、七味唐辛子、おろし生姜を添えること」。

その出来上りの鍋は実に美しい。鮎は濃いキツネ色を帯び、その周りに人参の茜《あかね》色、ゴボウの淡い褐色、白菜の黄白《おうはく》、大根の透き通るような白、そして三葉の緑色などが彩る。客は取り椀に箸で鮎の身と野菜の具を取り、そこに杓子ですくい取った煮汁をかけ、上から好みの薬味をかけて食べるのである。先ず汁をズーと啜ると、瞬時に素焼きにされた鮎からの香ばしい匂いが鼻孔から抜けてきて、口の中では、ホロホロと歯に応える鮎から出た優美なうま味と、たっぷりの脂肪から溶け出してきたペナペナとしたコクとが絡まるようにして広がってくる。また卵の塊りは、ポクポクとしてそれが噛み潰されて崩れて微小な粒々となって歯にプチプチと当り、そこからは甲《かん》の高いうま味とコクがトロロロと湧き出してくる。そのような鮎の身や卵からのうま味に、野菜たちもすっかりと染められて、こちらも皆、耽美なうま味を持つのであった。

二人の客がすっかり鮎と具をたべてしまうと、鍋には残汁が残る。そこに麺派はうどんを入れて煮込みとし、飯《めし》派はご飯を入れて雑炊とする。それがまたうまいのなんのと言いながら、客は幾度となく舌鼓を打つのである。

誠一郎のこの「鋳鮎鍋」の秘伝には二つあって、そのひとつが鍋にいきなり鮎を入れて煮るのではなく、先ず炭火で素焼きにすることである。こうすることにより、鮎に焦《こ》げた匂いが付いて生臭みを防ぐとともに、香ばしい匂いを付与することができる。また、こうして一度焼いておくと、身が締って煮ても身崩れが防げるのである。ふたつめは、焼いた鮎を先に煮立てることにあり、こうすることにより先ず鮎から出汁をとることができ、また汁全体に香ばしい匂いを付けることにつながるのである。

四、茸《きのこ》と蝮《まむし》

その野兎と雉、鋳鮎を客に提供した翌日から三日間、「右官屋権之丞」は臨時休業に入った。それは誠一郎、誠也、畑野修平、柴山真一と誠一郎の次男誠二の五人で秋の山に入って野の恵みを採集するためである。誠二は地元の農業高校を卒業後、母静代と妹美鈴の三人で客に出す野菜づくりや軍鶏《しゃも》の飼育など主に畑仕事に従事していた。五人は朝早くから林業用作業服を着て、運搬用軽トラックで散りぢりばらばらになって山に向った。トラックの荷台には背負籠《しょいかご》、鉈《なた》、スコップ、剪定鋏《せんていばさみ》や鋸《のこぎり》、軍手《ぐんて》などを、運転席脇の助手席には弁当や水筒などをのせた。そして誠一郎は南の清見《きよみ》村の山へ、誠也は東南にある丹生川《にゅうがわ》沿いに、修平は高山から南の方向になる朝日ダム付近の山へ、真一と誠二だけは二人一組となって北西の河合《かわい》村の山に向った。それぞれが山の恵みを採集し、午後三時頃には「右官屋権之丞」に戻ることを確認し合っての出発であった。

秋の山は料理材料の宝庫である。とりわけ飛騨は茸《きのこ》類が実に豊富な地帯で、マツタケ、ホンシメジやブナシメジ、センボンシメジ、ムラサキシメジなどのシメジ類、ナベタケ、ネズミタケ、シイタケ、ナメコ、マイタケ、クリタケ、アカダラタケ、ヤマブシタケ、ヒラタケ、カンゾウタケ、コウタケなど枚挙に暇がない。これらの茸のほかに珍品としてイワゴケと呼んでいるイワタケ、キクラゲ、ムタゲイ、カビモタセ、カンノシタなど「コケ」と呼んでいる茸もある。

これらの中で、一般的にはマツタケ、シメジ、マイタケの三つが珍重される。前二者は「香りマツタケ味シメジ」といわれるほど垂涎の的だが、この場合のシメジはホンシメジという真っ白で大きなイッポンシメジのことである。またマイタケは「マイナ」とも呼ばれ、昔から非常に貴重に扱われ、秋の山の至宝とも言われてきたものである。飛騨では、マイナ、ムクダイ（ヒラタケ）、イワゴケ（イワタケ）が三大珍重茸とされている。

これらの茸は、毎年同じところに生えるので、山に入った人は、その位置を秘密にして決して他人に教えることはない。それ故に誠一郎と誠也は親子だけれども、その秘密の場所は互いに決して明かさない。勿論、畑野修平も自分の場所を他人に語った試しはない。今回こうして彼らがまったく別々の方向に行くのも、そこは自分で探し当てた秘めたる場所であるからである。ただし誠二と柴山真一は、これまで茸採りに何度か山に入ってみたことはあるのだけれど、秘密の場所に辿り着いたことがない。そのため誠一郎は二人に「河合村から宮川村にかけた神通川沿いの山の斜面に行ったら多分見つかるぞ。その辺りに行ったらな、お前たち二人は離れて別々に探すことだ。見つける確率が倍になるわけだから」と助言した。しかし、かつて自分がそこで見つけた秘中の場所は決して教えない。

こうして午後三時過ぎに続々と皆が戻ってきた。そして車の荷台から背負籠を下ろし、それに入れてきた茸を店の裏庭に敷いた蓆《むしろ》の上に空けていく。その年は茸の当り年と言われていたとおり、皆それぞれに随分と多く採集してきた。

誠一郎は猟師の経験が長かったので、この辺りの山を知りつくしており、背負籠に七分目もの茸を入れて帰ってきた。驚いたことに立派なマツタケを一五本、子実体《しじつたい》を大きく広げたマイナも数株持って帰ってきた。誠也は父ほどの成果には及ばなかったものの、それでも背負籠に半分も採ってきた。畑野修平は山生えのナメコとシイタケ、そしてクリタケ、キクラゲ、ムラサキシメジ、ナラタケ、コウタケといった多種の茸を狩ってきたが、その中には見事なイッポンシメジが数本含まれていた。意外なことに、若い二人が随分と稼いできたので、二人分合わせると背負籠が半分以上埋まるほどであった。やはり若いだけあって山をあちこち走り回って集めたのであろう。

こうして蓆三枚の上に広げられた茸の光景は、実に壮観であった。集められた茸のうち、マツタケやマイナ、ホンシメジといった珍重されるものは冷蔵庫へ入れて生のまま使うが、長く保存するものは冷凍用保存袋に封入し、それを冷凍保存するのであった。その際、それらの茸は決して水洗いせず、そのまま袋に入れることが誠一郎のやり方である。冷凍保存することにより、香りと味が保たれることを経験的に知って、そのようにしているのである。確かに調理学的には、冷凍したものを調理のために加熱すると、茸の細胞が壊れ、酵素の働きによってうま味が増すことがわかっているから、誠一郎のやり方は正しい。

一方、この日のように大量の茸を採ってきたら、それを長期間保存しておくための加工も必要となってくる。その方法のひとつは干して乾燥させることである。大概の場合はタコ糸で綴って輪の状態にしたものを幾つもつくり、これを天日に干して保存するのである。半年は保て、食べる前日に水に戻してやわらかくし、それを茹でてから大根おろしをかけたり、煮物にして食べる。

また別の保存方法は、漬物に加工する方法である。大概の場合は塩漬けで、これを行なうと一年中茸を客に出すことができる。

「右官屋権之丞」の漬け方では、先ず塩漬けの下準備として茸に付いたゴミや石づきなどをきれいに取り除くことから始まる。大きな鍋に水を張り、沸騰させたらそこに茸を入れるが、茸同士がくっつかないように軽くかき混ぜながら茹でる。十分に茸に火が通ったら湯から出し、よく冷ましてから水気を切る。それを漬け容器に入れ、上から軽く塩を振って中蓋をのせ、重石をして一晩置く。一晩置いたら重石と蓋を外して茸から出た水を掬い取り、そこに茸の重量の約二〇パーセントの塩を加えてざっと混ぜ、茸の表面には塩を被せるように多く置く。その後、茸から出てきた水分によって塩分が薄まった場合には、再び表面に塩を振りかける。

こうして塩漬けした茸は調理するとき必要な分だけ容器から取り出し、一晩流水にさらし、塩分を抜いてから料理に使うのである。

また「右官屋権之丞」では、一度煮た茸の水気をよく切り、それを味噌に漬ける

「みそのこ」も保存用につくっている。

これらの茸の保存方法や食べ方を見て気づくことは、乾燥した茸は戻してから必ず加熱調理するし、また塩漬けの場合も漬ける前に熱湯で茹でることを忘れてはいない。野生の茸は、必ず煮ることを原則としているのはエキノコックスなどの寄生虫感染対策であり、賢明なことである。

こうして第一日目は、茸の大収穫で大いに盛り上り、そして第二日目の朝が来た。前日同様の衣装と道具をまとい、それぞれが小型トラックに乗って出発した。行き先は茸を採った同じ山であるが、この日は茸ではなく秋の山に撓《たわわ》に実る果実や木の実採りである。誠一郎はそれを使っていわゆるホワイトリカーで果実酒をつくるのが得意で、ほぼ毎年仕込んでいる。そのため古いものでは一〇年以上熟成したものもあり、仕込み年月日を紙に書いて貼った五リットル容量の果実酒用広口瓶約一五〇本が裏の倉庫に寝かせてあるのであった。自分の手で仕込み、熟成させて育てたトロリとする口当りの果実酒を客に提供するのが誠一郎の何よりの自慢であり、喜びでもあった。

ちょうどその頃の山にはサルナシ、ヤマボウシ、ツルコケモモ、サンザシ、ガマズミ、ヤマブドウ、マタタビなどの木の実が成っていて、それを採ってくるのである。

これらの実には何らかの薬効が宿っているというので、愛好する客も少なくない。例えばサンザシ酒は健胃のほかに高血圧症や動脈硬化症に効果があるとされているし、マタタビ酒は疲労回復や利尿、精神安定、強精など多くの効能が知られている。またサルナシには強い整腸作用があり、便秘や下痢に効能がある。

前の日と同じく午後三時前後に皆無事戻ってきたが、この年の秋は茸ばかりでなく何もかも豊穣の山となっていて、それぞれの背負籠にはヤマブドウやアケビ、ヤマボウシの実、マタタビなどがすき間が無いほど詰められていた。これらの実は枝や蔓《つる》から摘み取って種類別に分け、よく洗い、水気を拭きとってからホワイトリカーと氷砂糖に漬け込むのである。

例えば「マタタビ酒」の場合、誠一郎のつくり方はマタタビ五〇〇グラムと氷砂糖五〇〇グラムを果実酒用広口瓶に入れ、そこにホワイトリカー三リットルを加え、あとは密閉して終了。ただこれだけで、二年もすればトロリとした百薬の長が出来上る。

ところで、この木の実採集作戦では毎年、思いもよらぬ有難い拾いものをする。それは毒蛇のニホンマムシの捕獲で、この秋も誠一郎三尾、誠也四尾、畑野修平二尾、誠二二尾、柴山真一一尾の合計一二尾の大収獲となった。ニホンマムシは体長四五〜

六〇センチで稀に一メートル近くになるものがいる。全長に比して胴が太く、体形は太く短い。毒蛇に共通して頭は三角形である。毒性はハブよりも強いが、体が小さいため毒量は少ないとされる。しかし噛まれて直ぐに血清などの手当をしないと大変なことになるので、この蛇が突然足元なんぞに現われると、いくら慣れた山男たちでも一瞬たじろぐ。

通常は薄褐色で、体全体に灰白色と濃い褐色の斑紋、いわゆる銭型が入っているが、中には稀に全身が赤銅色をした赤マムシが混じっている。これはニホンマムシが突然変異したもので別種のものではない。

捕ってきたマムシは全て生かされたまま、誠一郎によってマムシ酒にされるのである。毎年この酒をつくってきたので、まだ元気のいいマムシの扱い方はとても手慣れたものである。秋の山でこのようにマムシが多く捕れるのはこの時期のマムシは行動範囲を広げ、また動きが活発だからである。それは、冬眠に備えてできるだけ栄養を蓄えなければならず、ネズミやカエルなどを一日中探し回るからである。従って人目に付きやすくなるのだ。

誠一郎のマムシの捕え方は、極めて単刀直入、ダイナミックである。彼はいつも山に入るときは革製の長靴を履いていて、マムシを見つけると、先ず足で首辺りを踏んづけてから首の根元を指でがっちりと摘みあげ、用意してきた木綿製の大きめの巾着袋に放り込み、袋に付いている紐を引いて括るのである。

土手のような斜面にマムシがいるときには、いつも携帯している柄の長い鉤《かぎ》状の鎌の頭で首根っこを押さえてから摘みあげる。二匹目も同じ首の根元をつかみ、巾着袋の紐を解いて中に放り込む。一つの袋に一〇匹ぐらいは楽に納めることができる。誠一郎の生け捕り法は誠也たちにもしっかりと教え込んでいるので、この日のように大量捕獲となったのである。

捕ってきたマムシは先ず一匹を袋から一旦金盥《かなだらい》に移し、その蛇の首の付け根を先端がY状の形をした木の枝で挟むようにして押さえつけてから指でがっちりと摘まむ。そして頭の先を広口五リットル容量のペットボトルの注ぎ口にそっと差し込んでやると、蛇は勝手にスルスルと入っていく。

ペットボトルの上部の肩の部分には、マムシが呼吸できるように小さな空気孔を開けておく。他のマムシも全てこのようにして一本のペットボトルに一匹ずつ入れる。マムシが入ったら、注入口から注意しながらペットボトルの半分まで水を注ぎ入れ、何日もそのままにしておく。

この間、マムシは胃腸の内容物を全て消化し、排便をするので水が濁る。その度に注意して汚水を抜き、新しい水を入れ替える。

約一ヶ月半経ったら、マムシの胃腸の中はもう空っぽになり、排便も無くきれいな水になる。マムシは何も食べなくてもまだ生きているから注意を怠らず、中の水を一旦出し、新しい水をボトルに三分の一ほど入れてしっかりと栓をし、激しく振って蛇を洗う。

次に洗い水を出し、そこにアルコール度数三五パーセントの甲類焼酎ホワイトリカーを注入してやる。するとマムシは一瞬で絶命するが、念のため二〜三分置いて完全に死んだらマムシ酒用の広口二リットル瓶にマムシと加えた焼酎を移し、あとはビンの肩口まで焼酎を注ぎ込み、しっかりと蓋をし、ガムテープで密封して仕込みを終える。

臨時休業第三日目は、山には誰も向かわずに「右官屋権之丞」の裏庭で朝からの作業である。前日まで山に入っていた男衆五人と、誠一郎の妻静代、長女美鈴、そして仲居さん二人の合計九人である。

作業の内容は、採ってきた茸を種類別に分け、それを洗ったり、煮たり、干したり、漬けたりするのである。茸の種類によって生のまま干すもの、煮てから干すもの、塩漬けに向くもの、味噌漬け用など仕事の内容は多岐にわたる。この茸の処理に関しては女性軍が受け持った。

一方、男性軍は、採ってきた果実や木の実を選別し、それを誠一郎の指示に従って酒に仕込む作業である。この日のために、町の酒屋にアルコール度数三五度の一升ビン入り焼酎を五〇本と氷砂糖五〇キログラム、それに漬け込み用広口ビンを六〇個注文していた。酒屋は毎年このように「右官屋権之丞」から注文がくるので大喜び。足りなければ直ぐに持って来ます、と待機態勢を決め込んでいる。

一方で誠一郎は、マムシの処理も黙々とこなしている。朝早く酒屋に電話して、五リットル容量の空のペットボトル一二本も持って来るように言うと、酒屋は、ハイハイもちろんサービスで持って上がります、なんて調子よく返事すると、直ぐに届けてくれた。そのペットボトルに前述のとおりマムシを一匹一匹入れていき、水を注入して、マムシを一ヶ月半閉じ込める。その神技のような仕草を丹念に見つめ、手も貸せない誠二と柴山真一。とにかくこの日の全員集合での作業も、夕闇近くまで続いたが、余すところなく終えることが出来た。

五、野飼いの軍鶏《しやも》鍋

そして翌日からは再び通常営業である。秋の観光シーズンと豊饒の山を背景にした天高く馬肥ゆる候とあって、「右官屋権之丞」は当分予約客で埋まっている。営業再開第一日目から食膳は秋のてんこ盛りであった。お通しには「キクラゲのえよごし」を出した。「えよごし」とは荏胡麻和《えごまあ》えのことで、今回山から採ってきたキクラゲと荏胡麻でつくった。

「右官屋権之丞」のレシピでは八人前として三〇〇グラムのキクラゲを軽く塩を入れた熱湯で湯がき、直ぐに冷水にとって冷やし、水気を絞ってから食べやすい大きさに切る。これに醬油小匙二を加えて和えておく。荏胡麻大匙七を炒ってから擂り鉢で擂り、それに鰹出汁大匙四、醬油大匙一、砂糖小匙二を合わせてよく混ぜ、これにキクラゲを加えてよく和えて出来上りである。

キクラゲのコリリ、コリリとした食感に荏胡麻からの香ばしい匂いとコクのあるうま味、醤油と砂糖の甘塩《あまじょ》っぱみなどが口の中で融合してとても美味である。

次に「錆鮎の赤煮」を出した。鮎の赤煮はこの時期の新鮮な落ち鮎の姿煮で、味つけは溜《たまり》醤油、酒、味醂、砂糖である。煮るときは生姜《しょうが》のせん切りを入れ、やや濃いめに炊き上げると溜醤油で鮎は赤銅色に染まり上がり、とても食欲をそそる。それを食べると、上品にして濃厚な錆鮎のうま味と脂肪からのペナペナとしたコク、卵巣のポクポクとした歯応えの中から濃いうま味などが出てきて絶妙である。

誠一郎流の料理の内容及び出し方は、自分が客だったら次に何が食べたいかを常に考えてのものだった。そのため「錆鮎の赤煮」の次はさっぱりしたもので口直しをしたいなあ、と考える。そこで次の料理は「蒟蒻の白和え」とした。

蒟蒻と人参を短冊に切って軽く茹でる。青菜も茹でて三センチぐらいに切り、水気を取る。白胡麻を炒って香ばしくし、それを擂り鉢に入れ、そこに豆腐を混ぜて擂り合わせ、砂糖と塩、少々の鰹の出汁で味をつけ、そこに蒟蒻と人参、青菜を混ぜて和えて出来上りである。錆鮎の赤煮の濃いうま味に、白和えの滑らかでクリーミーなコクがとても合うのである。

その「蒟蒻の白和え」で口の中をやさしく撫でた後は、再び豆腐を登場させて今度は一転して濃厚なうま味の中にさっぱり感のある「ジャコ豆腐やっこ」を出した。彼のオリジナル豆腐料理で、客二人の場合、絹ごし豆腐半丁、ジャコ二五グラム、ニンニクの一片を用意する。ニンニクは薄く輪切りにし、そのニンニクとジャコを低めの中温、凡そ一七〇度に熱した油でこんがりとキツネ色になるまで揚げてから油を切る。半丁の豆腐を半分に切って一人前とし、器に盛り、その上に炒めたジャコとニンニクをのせ、その上から砂糖、酢、醬油、水を各大匙一ずつ混ぜ合わせたタレをかけて出来上りだ。この甘酢醬油のタレが非常に豆腐とジャコに合う。

そして、この日のメインディッシュは「権之丞の軍鶏鍋」であった。これはすっかり店の名物料理となったもので、誠一郎考案の鍋料理である。それに使う軍鶏は、次男の誠二が育てた。誠二は地元の農業高校に入ると家禽《かきん》科を専攻、卒業後は家に戻って「右官屋権之丞」の手伝いを始めた。

最初は母親の下で野菜や根菜など畑仕事に当たっていたが、自分はどうしても鶏が飼いたいと父誠一郎に相談した。すると「よし、裏の畑の脇に鶏舎をつくってやるからやってみな。飼う鶏は肉と卵のとれる軍鶏がいいと思うな。肉は美味しいし病気には強いし、放し飼いもできる」とのひとつ返事。さすがは経営感覚にも抜きんでていて、客に出せる鶏、客が食いたい鶏は軍鶏だと踏んでいる。誠二は、普通の鶏《にわとり》を飼うぐらいにしか思っていなかったのに、突然軍鶏を飼え、と言われたので驚くわ、喜ぶわ。早速、裏山の裾《すそ》の下に広がっている畑の一部に鶏舎を建てた。

その建物は、なだらかな山の傾斜の下に横長につくってあり、裏扉を開けると軍鶏は山の土手に放され、そこで元気に走り回りながら、ミミズや虫、蛇、ネズミ、蛙、雑草などを採食する。その土手の周りは頑丈な金網で高くとり囲んであるので、軍鶏は外には逃げ出せず、また外からキツネや野犬などは入れない。

勿論、この土手付鶏舎も誠一郎のアイディアと設計である。最初の軍鶏は「右官屋権之丞」の常連客で地元農協の組合長に頼んだ。この組合長は、全国農協中央会にも代議員として加わっている顔の広い人で、誠一郎が「軍鶏を飼いたいので知っている人はいませんか？」と相談した。すると、組合長は「今度東京で中央会の会議があるから、そん時に当ってみるわ」と言う。

そして、一ヶ月ほどして鶏舎も完成したころ、組合長がやって来た。

「千葉県の大多喜《おおたき》という町の山の中で、軍鶏を飼っている人がいるそうだ。はじめは趣味で育てていたそうだが、そのうちに殖えてきたので、肉と卵を出荷したら大当りして、今では二〇〇羽もいるそうだ。この話は親しくしている千葉県の代議員が持って来てくれてね、それじゃ雄二羽と雌八羽分けてくれないかって先方に話をして欲しいんだが、と言って帰ってきたんだ。すると今朝、千葉の代議員が電話くれてな、売ってやるから取りに来ていいよって先方が言ってるそうだ。住所はね、千葉県夷隅《いすみ》郡……」。

その話を聞いて誠二は、すぐに教えられた住所先の千葉県に小型トラックで向った。あらかじめ先方には、取りに行くことを電話で知らせておいたので、着くともう、竹で編んだ大きな唐丸籠《とうまるかご》の中に軍鶏を入れて待っていてくれた。

誠二は売り主から飼い方、扱い方を簡単に聞いた。誠二は農業高等学校家禽科の出身だけあって、要点を教えてもらっただけで直ぐに理解できる。軍鶏と唐丸籠の代金を支払って急いで古川に戻った。

こうして、山の斜面の運動場付き鶏舎に一〇羽の軍鶏は放たれて、以後は誠二の養鶏の知識と快適な生育環境の下、どんどん増えて肉となり、卵となって「右官屋権之丞」の膳に登って行くのであった。

ここで少し軍鶏のことを付け加えておく。本来は闘う鶏なので、体が大きく勇猛で、闘争心剝き出し、実に精悍極まる鶏である。このような闘鶏用軍鶏は全身これ筋骨隆々で、味は濃厚であるのだが肉は硬く、とても客に出せる代物ではない。

そのため食用の軍鶏は品種改良されて、煮ても焼いても柔らかく、うま味の濃い肉質につくり変えられているのである。例えば味の濃厚な日本産軍鶏の雄に、卵肉兼用種の赤鶏であるアメリカ産ロードアイランド種を掛けあわせてつくった軍鶏は、鍋にしても焼いても快い歯応えと濃いうま味があって客が大いに喜ぶ。

千葉県から分けてもらった軍鶏は付いてきた血統書によると鹿児島産の雄軍鶏とアメリカ産の卵肉兼用種であるニューハンプシャー種の雌赤鶏を交配したものである。その自家飼育した軍鶏肉を使って、誠一郎は軍鶏鍋、軍鶏飯《めし》、軍鶏焼き、内臓料理、煮もの、吸いもの、軍鶏たたきなどをつくり、客の舌を躍らせている。

軍鶏鍋は全国のあちこちの料理屋でも食べられているが、「右官屋権之丞」のそれは誠一郎流の水炊き鍋であった。客四人前だと軍鶏の肉（モモ肉とムネ肉）を四〇〇グラム、白菜四分の一個、人参半本、春菊一把、糸蒟蒻一袋、シメジ一〇〇グラム、葱二本、椎茸四個、軍鶏のツクネ一〇個を用意する。

通常の軍鶏鍋は軍鶏肉のロース、モモ、ムネの切り身で行なうが、誠一郎流はそこにツクネも加えて、硬軟二つの軍鶏の味を楽しんでもらっている。そのツクネのつくり方は、四人分として軍鶏の挽き肉四〇〇グラム、玉葱一個、生姜一〇グラムを用意し、玉葱はみじん切りに、生姜はすりおろし、ボウルに挽き肉と玉葱、おろし生姜を入れ、さらに軍鶏の卵を一個割り入れ、一旦よく和えてからつなぎに片栗粉大匙二を加えてよく混ぜ合わせ、それを一二等分に丸める。

いよいよ軍鶏鍋をつくる。大きな土鍋に軍鶏の骨殻を長時間煮出して取った軍鶏出汁《だし》を入れ、そこにひと口大に切った軍鶏肉と丸いままのツクネ、乱切りにした白菜、斜め切りした葱、あらかじめ湯煮して桜花形に切った人参、石付きを取って傘の表面に十字の切り目を入れた椎茸、半分切りしたシメジ、食べやすい長さに切った糸蒟蒻を入れ、グズグズと煮て、肉身に火が通ったところで客にすすめる。タレはポン酢醤油、薬味は小口切りした万能葱と紅葉おろしである。

客たちはそれっとばかりに一斉に箸を入れて、先ずはお目当ての軍鶏肉をとり、それを薬味を入れたタレに付けて食べる。口に入れてムシャムシャと噛むと、肉は歯に応えてシコリ、シコリとし、そこから濃いうま味がジュルジュルと湧き出してくる。

誠一郎は、軍鶏鍋に使うモモ肉は全て皮付きのまま切り分けているので、肉身と皮の間には濃い黄色を帯びた光沢のある脂《あぶら》身が層を成して付いている。それを食べると今度は濃厚なうま味と共に脂身からのペナペナとしたコクがトロリ、チュルリと溶け出してきて絶妙なのである。

またツクネを一個、丸いままタレをくぐらせてから口に入れて噛む。ツクネの内部はまだ熱いのでハフハフしながら噛んでいくと、歯に当ってポクリ、ホクリとし、さらに歯に潰されてホコホコと崩れていき、そこから実に上品なうま味とコクとが流れ出してきて、またもや絶妙なのである。一緒に煮た白菜やニンジン、椎茸、葱、シメジも軍鶏のうま味にすっかりと染められて、どれもが舌を躍らせるほど美味しい。こうして客たちはすっかりと軍鶏鍋を平らげるとそこには煮汁しか残らない。するとそれにうどんを入れてくれという客、俺はご飯を入れて雑炊にしてくれという客さまざまに、最後まで楽しんでもらうのであった。

六、水に沈むトマト

ところで「右官屋権之丞」の料理に出る野菜はどれもこれも例外なく美味しい。それだけでなく甘く、色も鮮やかでその上ずっしりとしていて重い。驚く客も多いのだが、トマトやウリ、スイカなどはなんと水に沈むのがほとんどなのである。それには理由《わけ》があって、誠一郎流による完全無農薬農法、今でいう有機栽培だからだ。まだほとんどの農家がそんなことを行なっていなかった頃に、彼はもうこの方法での作物栽培を実践していたのである。美味しく健康的な作物をつくってそれを客に提供し、喜んでもらおうという誠一郎の考えは、次元は違うけれども、昔の飛騨の匠集団の技芸と重なって見える。心と技を打ち込んで精巧で立派な作品をつくり上げ、依頼主たちを喜ばせた匠たちとは観点を異とするけれども着眼点は同じだからである。

そもそも誠一郎は化学肥料に頼る今の農業に疑問を抱いてきた。農業高校で作物科を修め、その周辺の知識を些《いささ》かではあるが持っていたので、ほとんどの農家が窒素（N）、燐酸《りんさん》（P）、加里《かり》（K）という植物の三大栄養素だけを土壌に撒布して、それでよしとする栽培法を、手抜き農業だ、不真面目農法だと心の中で嘲笑《あざわら》い、自分だけは避けようと心に誓っていたのである。そのため、農業高校を卒業して家に戻って農業を継いだときから、堆肥《たいひ》をつくりはじめた。畑の脇に大きな四角い木枠をつくり、そこに農業廃棄物である稲藁や麦藁、雑草、家畜の糞尿、木灰、さらには生活廃棄物である残飯や調理屑などを積み重ねて発酵させ、それを完熟させて堆肥という肥沃な土をつくり、田圃や畑に撒いて作物の栄養源としたのだ。

堆肥の元となる農業廃棄物や生活廃棄物は全て有機生命体で、それが土壌微生物の発酵を受けると有機質は完全に分解されて無くなり、植物の豊かな栄養源となる肥沃な土である堆肥が残るのである。そこには、N、P、Kばかりでなくカルシウム（Ca）、マグネシウム（Mg）、鉄（Fe）、マンガン（Mn）、ニッケル（Ni）、イオウ（S）、銅（Cu）といった植物栄養素がたっぷりと含まれている。作物はそれらを根から吸収し、健康に育って風味にも彩《いろどり》にも光沢にも重さにもしっかりと現われてくるのである。

多くの農家が堆肥なんかつくるのは面倒くさい、NとPとKを含んだ硫酸アンモニアと燐酸カリを買ってきて田畑に撒けば収穫できるんだ、と楽《らく》を決め込んだ結果が今の農業だと誠一郎はいつも思っていた。これを彼は「農学栄えて農業滅んだか」と皮肉ったり、「農業の基本は始めに土ありきだ。先ず土づくりから始めなくちゃ駄目なんだ」などと、心の中で批判していたのである。その信念を曲げず、独り黙々と堆肥づくりを実践していた誠一郎の姿が、何となく飛驒の匠の末裔に重なるのである。

七、絶頂の熊鍋

裏山の木々も庭の木もすっかり葉を落とし、毎日のように霜が降る初冬のある日から、いよいよ猟期が始まった。誠也は解禁日当日から猟友たちと山に入り、その翌日の夕方には最初の獲物を小型トラックに積んで帰ってきた。荷台には、テントシートを掛けられた熊一頭と猪《いのしし》二頭が横たわっている。いずれも射った現場で血を抜いてあるので、これから直ぐに解体処理にとりかかることになっている。裏の畑の横にやや大きな倉庫があり、そこが解体処理場で、獲物はいつもそこに運び込まれる。その日の熊と猪は誠一郎と誠二の手によって処理された。誠也は解体作業には加わらずにゆっくりと休養して次の狩猟に備えるのである。

倉庫内の解体処理場には、天井の梁《はり》から滑車の付いた鎖のウインチが二本下げられていて、その先端には獲物をがっしりと摑《つか》むことのできる大型のハンディークランプが付いている。獲物の首根っこをこのクランプに咥《くわ》えさせ、ウインチを使って鎖を巻き上げると空中に浮くようになるので、それを固定してから皮を剝ぎ、内臓を外し、肉を切り取るのである。

内臓は猟犬の貴重な分け前となる。皮は鞣《なめ》してから加工専門業者に売り、肉はそれぞれの部位に分けてから冷凍し、使うたびに出してきて解凍する。この猟期に一年分の獣肉を確保しておけば、いつでも客に野生の肉を味わってもらえるのである。予定通りの数が確保されない年には、地元の猟師仲間から分けてもらったり、それでも足りない場合には、県を跨いで富山県の立山猟師、石川県の白山猟師、長野県の木曾猟師に発注するのである。彼らには特別のシンジケートがあって、売買のネットワークが構築されているのである。

誠一郎の熊の解体はとても小気味よく無駄がない。本来ならば、熊の解体は先ず地べたに熊を仰向けにしてから皮を剝ぐのであるが、誠一郎流はウインチで吊り下げてから股間部から首に向け体の中心に沿って鋭利なナイフを入れ、背側や腹側の皮を剝ぐ。これは、すでに血抜きしているから出来ることで、同様に手首や足首も関節で切断し、手足を外す。次に腹部や胸部を開く。胃や腸を傷つけないように開けて、肋骨の根元をのこぎりを使って開いていくのである。その後内臓を取り出しにかかる。

先ず首から下に付着している食道を外に引っ張り出し、横隔膜を骨に沿って切り取り、あとの内臓を全て引き出す。肛門部は、その周辺を鉈《なた》とのこぎりを使って切ったり、骨を割ったりして取り出す。この解体作業で最も注意すべきは、肝臓の脇にある「熊の胆《い》」と呼ばれる胆嚢《たんのう》を傷つけることなく取り出すことである。ナイフを使って慎重に剝がし取り、胆汁が漏れないように胆管を紐で縛って切り取るのである。これを薄い膜の袋のまま干して自然に乾かし、途中硬めになりだしたらやさしく重石をかけて平たく延ばし、丸い板状にするのである。すると直径約一〇センチ、厚さ三ミリほどの真黒い乾燥熊の胆が出来上る。

この熊の胆は漢方では「熊胆《ゆうたん》」と呼ばれ、急性熱病で高熱が続き、痰《たん》があって苦しい時などにこれの粉末を微量服用させるだけで速効がある。また健胃や消炎排膿効果にも優れ、昔から万能薬として珍重されてきた。

そのため熊の胆一匁《もんめ》（約三・七五グラム）は純金一匁に等価し、また米一俵と交換されたという。今でも漢方薬専門の卸屋あたりに持って行くと、極めて高価で取り引きされるのである。

誠一郎は、この干し熊胆のつくり方にも熟練しており、熊を解体するたびに一個ずつつくり、大切な客に差し上げることにしている。それをもらった客は、あまりにも高価なものであるので感激し、なお一層「右官屋権之丞」を贔屓するのであった。

ここで熊肉の食味あるいは肉質について述べておかなければならない。それは、誠一郎が熊肉料理をいかに客に喜んでもらえるかに腐心し、長い間試行錯誤を繰り返してきて、「右官屋権之丞」の名物料理に至らせた成り行きを知ることができるからである。

熊は野生動物であるので、その肉の味や匂いに個性が強いのは当然である。そのため先ずは斃《たお》した現場で血抜きをし、次に尿の溜まっている膀胱とその近くにある臭腺を傷つけることなく、取り外して処分することが鉄則なので、いつもここは細心の注意を払い慎重に進めている。こうすることにより、熊肉特有の獣臭の大半は除けるのである。

しかし、わずかに残った臭みは、熊鍋のように加熱調理すると敏感な客などは気に留めることになる。そこで青森、秋田、山形、岩手、石川、長野、岐阜辺りでは熊鍋を、味噌仕立てにするのが常識で、塩や醤油を用いないのは臭みが消せないためである。

ところが、味噌仕立ての鍋なら完全に臭みが消えるかというと必ずしもそうではなく、何ごとにも完璧を旗幟《きし》としている誠一郎の性格では妥協できない。

そこで彼は、いかにその臭みを消すかについて何年もの間独自で研究し、試行錯誤を繰り返しながら、やっと宿願を成し遂げたのであった。その方法は、並みの料理人には簡単に施行できないほど奥の深いものであった。

確かに彼の熊鍋は常識通りの味噌仕立てであるのだけれど、使う味噌について徹底的に検分し、吟味したのである。

味噌には原料の違いから米味噌、麦味噌、豆味噌があり、また原料配合量の違いや発酵期間の違いから赤味噌、淡色味噌、白味噌にも分かれる。さらに味の違いからは甘口味噌、中口味噌、辛口味噌と区別されるなど、単に味噌といっても実に種類が多く、香味の違いは多岐にわたるのである。

そこで誠一郎は味噌に関する知識を高山市立図書館や飛騨市立図書館に行って集め、それをもとに試験味噌を各地から取り寄せた。赤味噌は宮城県仙台市と新潟県佐渡ヶ島から、淡色味噌を長野県長野市と上田市から、白味噌は広島県府中市と香川県讃岐《さぬき》から、また米味噌と同じものを、麦味噌は大分県臼杵《うすき》市と福岡県北九州市、豆味噌は愛知県岡崎市と地元岐阜県のものを選んだ。さらに甘口味噌を東京都内と京都市から、中口味噌は長野県岡谷市と愛知県豊橋市から、辛口味噌は福島県会津若松市と宮城県大崎市から選んだ。

また、文献検索中に味噌には発酵が終った後も長い間熟成を加える長期熟成味噌というものもあることを知った。通常の味噌は仕込み後、半年から一年で出荷するものが多い中で、その味噌は三年、長いものでは何と一〇年近く熟成させたものもあるというのである。これを知った誠一郎は早速醸造元を調べ上げ、青森県津軽地方と長野市内の味噌屋からも取り寄せた。

こうして集めたさまざまの味噌を使い、先ず具を入れない味噌だけの汁をつくり、そこに熊の薄切り肉を数片加えて煮、それを啜って獣臭の強弱を調べてみた。すると使った味噌によって獣臭の強弱にははっきりとした差が出てきて、結果的には赤味噌と豆味噌、辛口味噌、そして長期熟成味噌がそれをよく抑えることがわかった。

そこで次に赤味噌の代表ともいわれる仙台味噌と、辛口の会津味噌、岐阜県の豆味噌、そして長期熟成の津軽十年味噌を等量混合した合わせ味噌をつくり、その味噌の汁に熊の薄切り肉を入れて煮たところ、その煮汁には獣臭がほとんど感じられなかった。

こうして誠一郎は、この四種の合わせ味噌で獣臭を消すことを秘伝のひとつとした。中でも長期の熟成で真っ黒いほどに着色していた十年味噌の消臭効果は顕著であると知った。ただし、この黒い味噌だけで汁をつくると、見た目の色が濃過ぎ、味にもややや渋味と苦味とが付くので、最終的には四種の合わせ味噌としたのである。

また彼は、味噌以外にも二つめの秘伝を見つけた。それは、地元の熊鍋でも他県の熊鍋でも必ずゴボウを入れていることである。確かにゴボウの繊維は、匂いを吸収するという昔からの料理人の言い伝えがあってのことであろうし、ゴボウを入れたときと入れないときの獣臭の違いを誠一郎も経験している。

そこで彼は、ゴボウについても検討してみることにした。そして早速、自問自答した。

「今どこの熊鍋でも使われているゴボウは畑で栽培されたものだよなあ、だがよく考えてみると野山に自生する野生のゴボウだってあるじゃないか。そうそう、アザミの根っこだよ。これだとゴボウの匂いも強そうだし、繊維も多そうだから獣臭もかなり吸収してくれそうだ。野アザミは裏山に行けばいっぱい群れてるし、一丁やってみるか」。

誠一郎の呟いていた野生のゴボウとはモリアザミの根のことで、幻想的で美しい赤紫の針状花をつけ、通常アザミと呼ばれている植物である。よく「山ゴボウの漬物」として市販されているものは、このアザミを栽培したものの漬物である。

その山ゴボウを思いついた翌日、誠一郎は午前中にはもう高山市立図書館に行って植物図鑑からモリアザミのことを調べあげていた。そしてその翌日には溝掘りショベルを手に持って裏山に入った。このショベルはスコップの一種で、土に差し込んでいくショベルの先端が細長く尖っていて、土を深く細く掘りやすいようになっている。主に土の中に深く伸びた植物の根を掘り出すのに使用するスコップである。

実は裏山の山道の左右にこのモリアザミの花が点々と咲いているのを、誠一郎は毎年のように見てきた。ちょうど今の九月は花が満開の時期で、早速野アザミに目を付け、根の周りを掘り始めた。根を切断しないように注意しながら掘り進むと、地面から三〇センチの辺りまで根が伸びていた。花の付いたまま長い花軸を軍手をはめた両手で握り、ゆっくり上に引き上げると根ごとスルリと抜けてきた。その根は太く、幾分捩《よじ》れていてゴツゴツとしている。栽培ものでつくられている山ゴボウの味噌漬けのように長くスラリとしているものとはまるで違っていて、彼はそれを見て野生の逞しさを感じずにはいられなかった。

その花と花軸と根の付いた一本丸ごとのモリアザミは、その場で移植するための最初の処置をした。根茎部を掘り出したときにその周りを被っていた土でしっかりと包み込み、その部分を新聞紙でクルリと包んで、紐でしっかりと縛った。

このようにしてその日は五株のモリアザミを採集し、それを抱えながら山から下りてきた。そして畑の隅の畔に添って穴を掘り、そこに一本ずつ根を植え付けたのである。勿論、穴には堆肥を少し加えてよく混ぜ、置肥した。

その次の日も誠一郎は裏山に入ってモリアザミを五本採集してきて畑の畔に移植した。こうして時間をつくってはモリアザミ採りに行き、畑の隅に移植することを繰り返し、ついに一〇月に入って本格的な秋を迎えたときには畑の畔に三〇本ものモリアザミを山から移植することができた。モリアザミの根は冬越しできることをすでに調べて知っている。こうして次の年の初夏、畑の畔には見事なモリアザミの群落ができ、そこから根を掘り出してきて熊鍋に使ったのだ。

誠一郎の獣臭消去法三つめの秘伝は、意外にも飴《あめ》であった。彼がまだ子供のころ、祖母はよく生姜飴をつくってくれた。風邪など引いて喉の痛みが出るとよくそれをしゃぶらされたのであったが、そのつくり方を母のヨノが引き継いできた。飴のような甘いものが大好きだった誠一郎は、母がつくるのをよく観察していたが、やがて大人になると自分でも生姜飴をつくるようになり、風邪など関係なく仕事の合間におやつのようにしてしゃぶるのが好きだった。

そのつくり方は、生姜をすりおろし、鍋に水、砂糖、生姜をいれて熱し、煮立ったら弱火で灰汁《あく》を取りながら五分間煮る。それを熱いうちにガーゼで濾し、その濾した汁を再び鍋に戻し、そこに麦芽水飴を加えて弱火で熱し、飴が溶けて蜂蜜のようなトロトロの状態になったら火を止め、弁当箱に流し込んで出来上りである。それを嘗めると、瞬時に鼻孔から生姜の快香が抜け、舌をピリ辛が包み込んできて身も心もシャキッとする。

誠一郎の発想はここからである。この飴をつくるとき、生姜と同量のすりおろしニンニクも加え、生姜ニンニク飴をつくったのである。実は生姜とニンニクには獣臭を消す効果があるというので、熊鍋以外に鹿肉や猪肉料理にもよく使われる。それを知ってのことからこんな飴をつくってみたのである。鍋に直接生姜とニンニクを入れたらどうだろうかと最初は誠一郎も思ったのであったが、実際そうやってみてもはっきりした効果がわからない。それはおそらく煮えたぎる鍋に直接入れたのでは、せっかくの消臭効果成分が熱で飛散してしまうからではないかと彼は思った。

とすれば、その消臭成分を何かに閉じ込めておけば、それが溶けてくるに従いじゅんわりと溶け出してきて熊肉や野菜などに浸透してくれるのではないかと考えた。そこで、溶けるといえば「飴」を直感、時々つくっている生姜飴を思い出し、それにニンニクも入れて獣臭消去飴を考案したのである。

この飴の効果は抜群であった。何度も熊鍋をつくって試してみたのであるが、飴を入れた場合とそうでないときとでは、獣臭の強弱はまるで違うことがわかったのである。こうして「右官屋権之丞」の熊鍋には秘伝の合わせ味噌とモリアザミの根茎、そして生姜ニンニク飴が加えられ、獣臭対策は完璧なものとなった。

ちなみにその誠一郎流熊鍋は次のようなものである。客六人分の場合、熊肉スライス一キロ、大根太め一本、葱二本、モリアザミ根三本、シメジ七五グラム、ヒラタケ七五グラム、焼き豆腐二丁、秘伝合わせ味噌二五〇グラム、醬油七〇cc、酒七〇〇cc、出汁昆布大敷一枚、ゴマ油大匙三、梅干しの大きさの生姜ニンニク飴三粒、水二・五リットルを用意する。大根はイチョウ切りしてから下茹でしておき、モリアザミの根は、皮を付けたまま五ミリ幅に斜め切りにしておく。

　ボウルに二リットルの水を張り、板昆布を入れて弱火で温め、沸騰する寸前に昆布を引き出して火を止め出汁とする。鍋にゴマ油を敷いて火にかけ、そこに熊肉を入れ、火が肉全体に通るまで炒める。そこに大根を加えてさらに炒め、次にモリアザミの根も入れて炒め、モリアザミの根が少しやわらかになったところで出汁と生姜ニンニク飴を投入、強火で煮込む。

　グズグズと煮込んでいると大量の灰汁《あく》が起《た》ってくるのでそれを絶えず取り除き、もう灰汁が出なくなったところで合わせ味噌、酒、醬油を加え、火を細火にして沸騰させずコトコトと一時間ほど煮込む。一時間経ったら長さ約四センチに筒切りしたネギと、一丁を九つに方寸切りした焼き豆腐、軸をつけたままのシメジとヒラタケを加え、それらに火が通ったら出来上りである。

　その熊鍋の美味しいこと。先ずお目当ての熊肉を請け椀にごっそりととり、いきなり口に含むと、熱いのでハフハフしながらムシャムシャと嚙む。すると驚くことに何と熊肉のやわらかいことか。薄切りにしてあるからだけでなく、肉繊維質そのものがやわらかいので噛んでいくと歯に潰されてホコホコと崩れていき、そこから優雅にしてとても高尚なうま味と、耽美なほどの甘み、そしてピロピロと張り付いていた多目の脂肪身《あぶらみ》からはペナペナとしたコクがチュルチュル、ピュルピュルと湧き出してくるのである。そしてその脂肪身から溶け出してきた味の雅《みやび》やかさといったら、驚かぬ客はいない。

それは意図的にピロピロとした脂肪身だけを食べてみるとよくわかる。滑るようなコクとクリーミーなコクが合体して溶け出してきて、そこからは真っ白で一点の汚れもない絹《シルク》を思わせる無垢の甘みが感じられるのである。これは、今の日本人が食べている牛肉や豚肉、鶏肉の脂肪身とはまるで違っていて、軽快でシャープなのである。それはちょうど極上のオリーブ油を嘗《な》めたあの舌の感覚に酷似している。

熊肉の正身肉と脂肪身のうま味とコクをたっぷりと吸収して、野菜類も焼き豆腐も美味しさに染まっていた。中でもモリアザミは、普通のゴボウと比べるとカリリ、シコリとした歯応えがあり、そこからゴボウ特有の一種の野生の匂いが感じられ、市販されている通常のゴボウとは迫力が大きく違っていた。それらのうま味の全体を合わせ味噌がまとめ上げ、煮汁も実に美味いのである。そして何よりも誠一郎が気に留めていた熊肉の獣臭は微塵にも感じられず、そこからは味噌鍋特有の熟した発酵香と、肉と野菜が一緒に煮られて生じる食欲をそそる魅惑の匂いが立ち上ってくるのであった。

こうして、誠一郎流の熊鍋は以後、「右官屋権之丞」の名物料理として定着していくのであったが、その熊鍋は一年中食べることのできる定番の料理なのである。

熊の猟期は決まっていて、都道府県によって少しの違いはあるが、大体一一月一五日から翌年二月一五日の三ヶ月が全国共通である。この期間、誠也は猟師仲間とともに山に入り、熊を撃って店に持ち帰る日々が続く。とは言っても、出撃する度に獲れるというものではなく、また多くの熊は冬は冬眠に入っていることが多いので、なかなか射ることができない。そんな中でも熊撃ち用の猟犬は冬眠している熊の穴を匂いで嗅ぎつけ、射ることもあるが、カムフラージュの巧みな熊はそう簡単に犬に気づかれない所に穴をつくり、眠っている。

そのため熊猟は、晩秋から冬眠前の約一ヶ月が勝負なのだが、実はこの時季の熊肉が最も美味となるのである。それは、これからの冬眠に備えてクリやドングリ、ブナの実、ヤマブドウ、ナナカマドの実、オニクルミ、ヤマナシ、サルナシ、昆虫類などを毎日大量に食べ、脂肪を貯えておく必要があるためなのだ。熊肉の真価は何と言っても真っ白い脂身《あぶらみ》で、前述したようにここが優しいうま味と耽美な甘み、滑らかなコクを持っているからである。

この冬眠に入る前の熊を「右官屋権之丞」では毎年一〇頭ほど確保する。誠也はこの時期、二頭から三頭獲るのだが、不足分の熊は誠也と一緒に山に入った猟師の分け前分を現金で引きとり、またそれでも不足のときは石川県、長野県、富山県、滋賀県といった近県に誠一郎が張っている熊売買のためのシンジケートを使って集めているのである。こうして次々に運び込まれてくる一〇頭の熊は誠一郎と誠二の手によって解体され、肉は解体処理場に備えつけられているマイナス四〇度冷凍庫に保存され、使う量だけを取り出してきて鍋料理に供されるのである。

八、魔性《ましょう》の猪《しし》

「右官屋権之丞」の名物「熊鍋」に一歩も引けをとらないのが猪料理である。熊に比べて値段も安価である上に、実にさまざまな料理が楽しめるので人気は高い。狩猟期は都道府県によりまちまちだけれど、大体は一一月一五日から三月三一日までが相場のようである。熊の猟期と重なるが、猪は冬眠をしない上に農作物や森林被害も深刻なほど野生での繁殖が旺盛なので、手に入れる頻度は結構高い。

「右官屋権之丞」ではこの猟期に一五頭ほど確保し、解体してから冷凍保存しておく。いずれの猪とも屠《ほふ》った現場で完全血抜きを施した上に、膀胱や尿管、性腺、匂い袋など獣臭が宿るところは傷つけずにごっそりとその場で摘出し土に埋めたので、臭みはほとんど無い状態で運び込まれてくるのである。誠也も何頭かは獲ってくるが、不足分は誠一郎の張っている野生肉売買のシンジケートで購入しているのである。

猪料理というと、真っ先に頭に浮かぶのは「ぼたん鍋」というやつで、薄切りした猪肉をさまざまな野菜や豆腐などの具と共に味噌味で煮て、牛肉のすき焼と同じく溶いた生卵につけて食べる鍋料理である。「右官屋権之丞」の「ぼたん鍋」は、客五人前だと次のようにしてつくる。

薄切りにした猪肉は大皿に一枚一枚白い脂肪身が上に向くようにして、大輪の牡丹の花のように飾り盛りしておく。鍋にカップ五の出汁（昆布と鰹節でとったもの）を沸かし、沸騰したら火を一旦止め日本酒大匙五、味醂大匙二、砂糖小匙二、豆味噌大匙四、白味噌大匙二、生姜の搾り汁大匙一を加えて味を調え、スープとする。それを再び火にかけ、先ず十分にアク抜きした笹掻き山ゴボウ（一本）、ぶつ切りした長葱（一本）、イチョウ切りした大根（三分の一本）、焼き豆腐（一丁を十等分したもの）、白菜乱切り（葉四枚）、菊菜（三枚を乱切り）、椎茸、エノキダケ、シメジなどの茸（ひと口大に切る）、ニンジン（半口大の乱切り半本）を煮、沸騰してきたら猪肉を入れ、さらに上から粉山椒を撒いていただくのである。

この「右官屋権之丞」流のぼたん鍋をよく見てみると、猪肉を提供するどこの料理屋でもつくる鍋とそう変りはないと思うであろうが、内容の濃さが大きく異なるのである。すなわちそれは、先ず使用する全ての野菜が堆肥を施した自家栽培の無農薬有機野菜であること、茸類は山から採ってきた天然ものを低温保存したもの、また具を付けて食べる鶏卵も、完全自家製の飼料を餌にして野に放して飼った軍鶏の有精卵であることなど、「右官屋権之丞」にしか出来ないような、究極の自然食材鍋なのである。

溶いた卵を付けダレにして先ず猪肉を食べる。口に入れて噛むと、予想していたのとは大きく違って、とても柔らかい。不思議なことに牛肉や豚肉は火にかけて煮ると硬くなるのだが、猪肉は逆に柔らかくなるのである。噛んでいくに従い、重厚なうま味と脂肪身からのコクがジュルジュル、チュルチュルと湧き出してきて、通常食べている豚肉の味とはまるで違って、野趣満点の濃厚な肉の味を堪能できるのである。

そのうま味の差を譬《たと》えるならば、秋田の比内鶏や薩摩軍鶏といった銘柄地鶏とブロイラーを比べるが如しである。それだけ味の濃い猪肉に染められて、野菜類や茸、豆腐といった具もさらに美味しくなる。そしてそれらの肉や野菜を、黄みと白みがドロリとした、軍鶏の有精卵に付けて味わうのであるから、まるで美味の絡み合いというわけである。

また、プリリ、プリリとした脂肪身からは、耽美な甘みと滑らかなコクが出てきて秀逸である。熊の脂肪身でも述べたように、野生で育った動物の脂肪身は、植物油の如くペナペナとしたコクを持っているのが特徴なのである。

猪肉の中で、最も美味な部分はどこかを誠一郎はよく知っている。それは肋骨《あばらぼね》に付いている肉と脂肪の部位で、いわゆるスペアリブと呼ばれているところである。「右官屋権之丞」ではこの部分を炭火焼きにして客に一本ずつ食べてもらうことにしている。いわば前菜あるいは突き出しのようなもので、先ず客はこれを手に持って齧《かじ》ることにより、あまりの美味さに驚愕し、これは凄い店に来たもんだ、これから出てくる料理もきっと素晴らしいものだろうなあと期待がふくらむことになる。

長さ約二五センチの少し湾曲した平べったい肋骨に正肉身が強固に付着していて、その肉を包むようにして脂肪身がこびり付いている。それを炭火の上で焼くと、脂肪の一部が焼け溶けて炭火をパッパッと燃やし、出てきた煙がスペアリブを燻《いぶ》す。客は焼き上ったそのスペアリブの左右両端の骨の部分を指で握り、その肋骨肉の中心あたりに前歯を立ててガブリと喰いちぎる。そして骨から離れた肉の塊《かたま》りがゴロリと口に入ってきたのをムシャムシャと嚙《か》むのである。

するとその肉は歯からシコシコと圧力を加えられながら潰されていき、そこからは野性という名の天然の調味料に染められた、奥が深く濃厚なうま味がジュルジュルと流れ出てくるのである。それを鼻孔から抜けてくる燻しの匂が囃し立て、客の大脳味覚野は収拾のつかないほどの美味の混乱に陥るのである。

「右官屋権之丞」の猪料理の中で、出色ともいえるものに「猪肉三品《ししにくさんぴん》」と呼んでいるものがある。豚肉でつくる焼き豚を猪肉に置き替えてつくった「焼き猪《しし》」と、ゆで豚を猪肉に代えてつくった「茹で猪《しし》」、そしてトンカツを猪肉でつくった「猪《しし》カツ」である。

「焼き猪」は酒の肴にも飯のおかずにも合い、また汁麵の上にのせて食べると実に美味しい。四人分のつくり方は、猪の肩ロースの塊り四〇〇グラムを用意し、別にボウルにつけ汁をつくる。その汁は醬油大匙四、酒大匙二、味醂大匙一、砂糖小匙一、八角二個、一〇センチ切り長葱一本、生姜の薄切り一枚を合わせ、そこに秘伝の骨汁大匙二が加わる。

この骨汁とは、猪を解体したときに出てくる脛骨《けいこつ》や肋骨《あばらぼね》、大腿骨、背骨、ロース骨、ネック骨などをハンマーで叩いて砕き割り、それを熱湯で煮出してから濾し、鍋で煮詰めて濃縮したエキスである。ドロリとしたこの秘伝の液には、骨の中にあった髄液からコラーゲンやゼラチンなどが出てきて、これをつけ汁に加えると飛躍的にコク味を増すことになる。

猪肉の塊りのあちこちを竹串でつついて味が染みるようにしてから、ときどき返しながらつけ汁に半日漬け込み、それを凧《たこ》糸でグルグルと形よく巻く。厚手の鍋につけ汁と一〇〇ccの水を入れ、そこに肉塊を加え、落し蓋をし、火にかける。煮立ってきたら、中火にしてつけ汁を掛けながら三〇分間煮て照りを出す。火が中まで通ったら肉を鍋から出し、大匙一の油を入れたフライパンの上で強火で炒るようにして表面全部に焼きめをつけて取り出す。冷めたら肉の糸をはずして薄切りにし、鍋に残った汁をタレとしてかけて出来上りである。一度つけ汁に漬け込んだ後煮付け、さらに表面を焼くので、眩しいほどの照りと香ばしさが加わって絶妙の焼き猪に仕上る。

その薄切りにした焼き猪を一枚食べてみると、さすがに猪肉だけのことはあって歯にシコシコと応え、それをムシャムシャと噛みしめていくと、肉から濃厚なうま汁がジュルル、ピュルルと湧き出してきて、さらに噛めば噛むほどそのうま汁が滲み出てくる。そしてそのうま味を、甘みを伴なった脂肪からのコクと煮汁のコクとが囃し立て、通常の豚肉での焼き豚ではとても味わえない美味さと野趣味を満喫できるのである。

「右官屋権之丞」ではこの焼き猪をお通しとして出したり、酔客への締めのうどんの上に載せたり、土産に売ったりしているが、つくるたびにまたたく間に無くなってしまう人気ぶりで、今では毎日仕込んでは焼き上げている。

「猪肉三品」の二品めの「茹で猪」も人気の酒肴である。猪の肩ロース肉の塊り五〇〇グラムのあちこちに竹串を突き刺してから天然粗塩小匙半分を表面にすり込み、それを凧糸で巻いて形を整える。深鍋に肉を置き、それがかぶるぐらいの水を入れて強火で煮立ててから火を中火に弱め、アクをすくいながら約一時間一〇分茹でる。茹で汁はいつもひたひたになるようにし、減った分は途中で差し水をする。

こうして茹で上った猪肉は糸をはずして六ミリ幅に切り分ける。湯で茹でただけなので、濃厚な味の「焼き猪」とはまるで違って淡白であるが、またそれが猪肉の真味が味わえるとあって、箸休めなどに出すと絶賛を浴びる。付けダレはゴマダレで、大匙四の黒ゴマを炒ってそれを挽き、そこに味噌、砂糖、醬油、酒、水を各大匙一ずつ入れ、さらに秘伝の骨汁小匙一を加えてよく和えたものである。

この「茹で猪」にゴマダレをチョンとつけて食べると、瞬時に鼻孔からゴマの香ばしい匂いが出てきて、それをムシャムシャ噛むと、ムッチリ、シッコリと歯に応え、そこから上品なうま味がチュルチュルと出てくる。そのうま味がタレの甘じょっぱみと重なり、脂肪からのペナペナとしたコクも加わって秀逸なのである。

「猪カツ」は、大人だけでなく女性や子供にも大人気の一品である。味に迫力があり、猪独特の脂肪の甘みがそれをマイルドにして、濃厚なうま味なのだけれどさっぱりとした後味《あとあじ》が妙である。

使う肉は四人分として猪ロース肉の平切《ひら》り身一枚約一三〇グラムのものを四枚用意する。揚げたときに身が反らないように包丁の先で筋切りをし、両面に軽く塩、コショウをする。そしていよいよ揚げる。

肉の水気を拭きとって、通常のトンカツを揚げるように小麦粉、溶き卵、パン粉の順に衣をつける。揚げ油の温度を「右官屋権之丞」では一八〇度と高くしているのは、やはり猪肉だからで、じっくりと揚げ、カツが浮上ってきたら火を弱めにして裏返し、さらにときどき返して淡いキツネ色になるまで揚げ、最後は火を弱めてカラッとさせる。その猪カツを一・五センチ幅に切り分けて出来上りである。

この「猪カツ」は、野生獣肉を使っているのでさすがにシコシコとした歯応えがあるが、それがサクサクとした衣のテクスチャーと見事に相応して、そのコントラストの絶妙さに感激しない者はいない。「右官屋権之丞」ではこの「猪カツ」を、そのまま出して「猪カツライス」としたり、客の要望によっては「猪カツ丼」や「猪カツ煮込み丼」とするが、若者や女性客からは「猪カツバーガー」の人気が高い。

このように誠一郎考案の料理は画期的だが、おそらく、日本の食文化史上でも稀なほど珍しい知恵の食べものを「右官屋権之丞」の藤丸家では代々つくってきたのも驚きである。一体いつ、誰が最初に始めたのだろうかと知りたいほどのものばかりで、匠の大工集団の頃からか、あるいは農家に転じた頃からかは定かではないが、とにかく理を適えた知恵の食べものが、この旧家には多数残されてきているのである。

例えばそのひとつは猪肉を使った「猪鮓《ししずし》」という保存食である。そして感心すべきことに、使う肉の部位は猪肉の中で最も固い部位である脛《すね》肉、すなわち脹脛《ふくらはぎ》なのである。市販の牛肉や豚肉はその部分が固いため、大概はミンチにしたり加圧下で煮てシチューなどにする位であるから、野生の猪の脹脛を食べるとなると、よほどの工夫をしなければ難しい。猪の場合、とにかく脂肪が少なく筋《すじ》の多い部位なので、その固さは尋常ではないのである。

ところが、昔の人の発想は奥が深く、その脛肉を何とかして美味しく食べようと試行錯誤して、何と漬け物にして食べることを考え出したのである。一体いつごろからその方法が藤丸家に伝わったのかについては明らかではないが、当主に脈々と伝えられてきたようだ。それは、誠一郎が料理屋を始める前に父誠十郎から教えられていたためで、実際狩猟で捕ってきた猪の脛肉や他の固い部分は、誠十郎が自ら漬け込んで柔らかくして食べていたのである。第一四代目の父誠十郎は恐らく第一三代目に教えられたのであろう。そう考えると何百年もの間、脈々と続いてきた藤丸家には、かなり昔から「猪鮓」の製法が伝承されてきたという、悠久の浪漫を考えてもよいのかも知れない。

その藤丸家に伝わる漬け方は、先ず猪の脛肉の塊《かたま》りを豪快にも丸焼きにすることから始まる。じっくりと焼いて火を通すと肉は締まって味が濃くなるばかりか、煙で燻《いぶ》されて臭みも抜ける。またこうして火を通すことにより肉に付いていた寄生虫を殺すことにもなるのである。

次にその肉をやや厚めに、大体二寸四方ぐらいであるから約六センチ四方の大きさに削《そ》ぎ切りする。それを何枚も揃えたら、その肉の表面に粗塩を施す。

そして冷ました飯に対して塩を一割五分、つまり一五パーセントほど加えてよく和え、さらに二割の量の種《たね》を加える。種とは前回肉とともに漬け上った鮓飯《すめし》のことで、それの一部を取っておいて使うのである。

こうして飯と塩と種とをよく練り合わせて漬床《つけどこ》をつくる。そしていよいよ漬け込みにかかる。

いつも使っている鮓桶《すしおけ》の底に漬床を平たく伸ばすように広げ、その上に何枚かの肉をきちんとのせる。そしてその肉の上に再び漬床を広げ、肉を漬床で挟むようにする。さらにその漬床の上にまた肉をのせ、その上を漬床が被い、といった状態で鮓桶の上部まで漬床と肉を交互に段々重ねで漬け込んで行くのである。そして一番上の漬床に布を掛け、押し蓋を落とし、その蓋の上に重石をして漬け込みは終了する。あとは一年間、じっくりと発酵と熟成を行ない、「猪鮓」の完成である。

この藤丸家に伝承されてきた「猪鮓」のつくり方は、実に理に適った巧妙な方法である。先ず固い肉を発酵させることによって柔らかく、食べやすいようにするという発想は正解で、発酵菌はさまざまな消化酵素や分解酵素を分泌するから柔軟になり、また肉の部分分解でうま味成分のアミノ酸やイノシン酸を増加させ、味は一段と濃くなる。

さらに、最初に肉を焙《あぶ》るという手法も実に適切である。それは猪の生肉には往々にして寄生虫以外にもサルモネラ菌や腸管出血性大腸菌、トキソプラズマ、カンピロバクター、E型肝炎ウイルスといった食中毒菌や悪性菌が宿っていることがあるからである。

今ではそのようなことが解ってきたので、現代人は猪の生肉は食べない。だが、大昔の人たちがこのようなことを知っている筈はなく、獣肉は焼いて食べた方が美味しいという生活体験が、偶然に焼いてから漬けるという方法につながったのかも知れない。

さらにこの肉の漬け方には知恵が重なっていて、一年後漬け上った肉は、相当長い間腐敗せず保存が可能だということである。発酵することにより食べものが長期間保存できることはすでに学術的にも知られている。例えば牛乳をそのままにしておけば、夏などはたちまち腐ってしまうが、牛乳に乳酸菌を作用させるとヨーグルトになり、チーズになって保存が利き、チーズでは一〇〇年以上も保存が利くことがわかっている。

また、煮た大豆をそのままにしていたら同じく直ぐ腐るが、煮た大豆に納豆菌を作用させて納豆にすると、いよいよ腐りにくくなる。

魚でもそうだ。魚を飯と共に発酵したのは熟鮓《なれずし》で、近江の鮒鮓《ふなずし》や鯖熟鮓《さばなれずし》などがその例である。鯖の生腐《いきぐさ》れと言って、生の鯖は直ぐ弱って死んでしまうが、発酵して熟鮓にすれば何年でも保存できる。和歌山県新宮市にある東宝茶屋という料亭には、三〇年間も保存した秋刀魚《さんま》の熟鮓が現存しているのである。

そして猪肉を漬け物にする最大の魅力は、何といっても漬け上った肉の味と匂いである。乳酸菌を主体とする発酵微生物の作用によって肉のタンパク質を分解してうま味成分のアミノ酸やイノシン酸をつくり出し、その上、香ぐわしき発酵香をも付与してくれる。

例えば牛乳を考えてみよう。牛乳は牛肉と同じように豊富にタンパク質と脂肪を含んでいるが、これが発酵されてチーズになれば、その美味しさの強さと神秘的なほどの発酵香は、元の牛乳などと比べものにならない優れものになる。

植物でも同じことで、煮た大豆に納豆菌を作用させて納豆にしたら、その美味たるや驚嘆に値するのである。

さて、漬け上った「猪鮓」の味はといえば、これが絶妙で、うま味といい、酸味といい、発酵香といい、これが猪肉だと言われても信ずる者は恐らく皆無に等しい程のものである。やや濃く褐色に色付いたその鮓は、ちょうどローストビーフほどの柔らかさになっていて、一枚を箸で持ち上げてみてもしんなりとしている。漬けた直後は白かった漬床の飯も、すっかりと熟していて琥珀色に光沢している。

それではいただいてみましょうかと、先ずは鮓飯を箸の先にとり、口に運ぶ。すると驚いたことに、その鮓飯はとても柔らかく、ちょうどクリームチーズのようにトロリ、トロリと口中に広がっていくのである。するとその直後、鼻孔からはエダムチーズあるいはチェダーチーズに酷似する匂いが抜けてきて、口の中は乳酸発酵によってつくられた爽やかな酸味に包まれて、なんとなく古《いにしえ》の世界に誘われていくような気持になるのである。

次にいよいよ猪肉を食べてみると、野趣をともなった迫力のある美味しさに仕上っている。口に入れた肉をムシャムシャと嚙《か》むと、これまた鼻孔から瞬時にチーズの匂いに似た熟れた発酵香が抜けてきて、口の中では猪肉の奥の深いうま味と発酵によってつくられた、ほど良い酸味がじゅんわりと湧き出してきて、とても迫力のある風味を味わえるのである。

ある時、京都に在住し、食通で知られる民俗学者が「右官屋権之丞」に来てその「猪鮓」を味わったときの感想が妙を得ていて、「飛騨の猪肉は一年の間に近江の鮒鮓になり、さらに朽木《くつき》の鯖の熟鮓に変り、はたまた遠く海外まで行ってイタリアのゴルゴンゾーラ、さらにはフランスのロックフォールにまで変身してしまった」。

一年間かけてつくった「猪鮓」は、発酵作用が腟肉の芯の方まで届いているため長期間の保存が利き、さらにそのままにしておいても今度は熟成していくので、うま味も匂いも円《まろ》やかになり、極上の鮓に仕上っていくのである。そのため「右官屋権之丞」では、狩猟期にできるだけ多くの猪を獲り、また不足分は猟師仲間から肉を買い集めて、一年分の「猪鮓」をまとめて漬け込むのである。そして長期の発酵と熟成を施しながら、常時安定した鮓を確保しておくのだった。

なぜそのように大量の「猪鮓」が必要なのか。それは、発酵と熟成を終えたものはそのまま「鮓《すし》」として客に出すのだけれど、実はそれだけではなく、独創的な驚くべき料理の材料にその「猪鮓」を使うからである。そしてその料理を食べた客の通人たちは、あまりにも美味なのに驚嘆し、感動し、いつの間にか「右官屋権之丞」の一大名物料理として認められていったのであった。

その料理とは「猪《しし》の鮓鍋《すしなべ》」である。たっぷりと出汁《だし》を張った鍋に豆腐、白菜、葱、人参、ゴボウ、椎茸、里芋などを入れ、そこにぶつ切りした猪肉の鮓を加え、グツグツと煮る豪快な発酵鍋である。その鍋には肉だけを入れるのではなく、肉と共に発酵と熟成を経てきた飯《いい》も入れるという奇想も加えられている。すると鍋は、その飯のために全体が白濁してきて、一層の酸味とうま味が加わるとともに、神秘性を与えてくれるのである。

客はグツグツと煮えるその鍋から杓文字《しゃもじ》でごそっと具をとって、器に入れて食べる。熱いのでフーフーと息をかけたり、ハフハフしながら先ず猪肉を口に入れてムシャムシャと噛むと、瞬時に鮓特有の牧歌的発酵香が鼻孔から抜けてくる。口の中では、肉が歯に応えてシコリ、ホコリし、次第にそれが潰されていってペトリ、トロリとして、そこから猪肉ならではの濃厚なうま味とコクが湧き出してくるのである。それを、発酵作用によってできた爽やかな酸味が包み込み、そこに野菜類から出たうま味や甘みなども加わって、味覚極楽の味が楽しめるのであった。

それにしても発酵した猪肉を同じく発酵した飯と共に鍋で煮て食べるという奇想は恐れ入る。藤丸家に「猪鮓」が伝承されてきたのに合わせていつとはなく行なわれてきた手法であろうが、元を辿れば藤丸家は飛騨の匠として「右官屋」の家号を持つ家柄である。その匠の集団が時代とともに消え、それぞれが農業や山林業といった元の仕事に戻ったのであるけれど、物をつくることへの挑戦心や伝統は時代が変っても、仕事が変っても不動なのであろう。だからこそ「猪鮓」を考え出し、そしてそこから発想豊かな食法も編み出したのである。そしてその背景には、脈々と受け継がれた、大昔の匠の時代の先祖と変らない業《わざ》の研鑽とチャレンジ精神がある。

九、秘伝・野鳥料理の仕方

飛騨は昔から「野鳥王国」といわれ、実にさまざまな野鳥が野山に棲息している。今は狩猟が禁止されている鳥類もあるが、以前はそのような規制など無かったので、銃や罠、霞網《かすみあみ》などで大いに捕っていた。それを売買する組織まであって、ひとつの小さな産業にもなっていた。どのような野鳥が狩られたかというと鶫《つぐみ》、鵯《ひよどり》、鶉《うずら》、雉《きじ》、山鳥《やまどり》、鷭《ばん》、雁《がん》、鴨《かも》、鴫《しぎ》、雉鳩《きじばと》（野鳩《のばと》）、小綬鶏《こじゅけい》などで、いずれも野生味を持った美味鳥ばかりである。「右官屋権之丞」で使う野鳥は、主として誠一郎と誠也の親子が銃で捕ってきたものであるが、それは大型の雉や鴨などの野鳥で、鶫や鵯、鶉、雉鳩のような小型の鳥は銃を使うと肉の損傷が激しいので撃てない。そのため霞網で捕ったり、罠を仕掛けたりもするが、それだけでは賄いきれないので、高山市にある銃砲火薬店に依頼するのである。この店では、出入りする猟師が捕ってきた野鳥を買い取り、それをあちこちの料理屋に納める組織を持っていて、結構繁盛していた。

最も高価で取引きされたのは鶫と山鳥で、その肉の美味さといったら多くの野鳥の中でも横綱格であった。とりわけ鶫の味は通人客から珍重されて要望も多く、それだけに畑野修平を中心とする勝手番の調理人たちは、より丹念に下拵《したごしら》えをし、そして料理するのであった。

その鶫の料理法は、昔から藤丸家に代々伝わってきた秘伝書の「藤丸家野鳥料理仕方」に則《のっと》り行なわれるのである。それは、藤丸家が「右官屋権之丞」と銘打って始まった料理屋にも引き継がれており、一四代目誠十郎、一五代目誠一郎、一六代目誠也と代々の跡目が受け継いできた料理法である。

鶫が珍重されたのはその類稀なる美味のせいだけでなく、祝儀にも使われる目出度い野鳥だからである。宮中では正月松の内に必ず供御に上したともいわれ、また、この鳥を歳暮の節物《せつぶつ》としたり節分の祝儀に使うのは「鶫身《つぐみ》」の義を祝うためである。昔から飛騨には鶫の最も贅沢な食べ方として「鳥屋《とや》遊び」というのがあった。霞網を張った場所の近くに特設の鳥屋が常備してあって、遊興人がそこへ行って鶫狩りを観覧。そして捕り立ての鶫をその場でしめ、羽毛を去っただけのところに肛門から醬油を注ぎ込み、竹串に刺して炉の周囲に立て、炙って食うというのである。何とも原始的な調理法だが、一度試みたらその美味さは忘れがたきほどの珍味だということである。「右官屋権之丞」の鶫の仕方はそのような野趣極まるものではなく、「開帳焼き《かいちょうや》」という立派な料理名を持っている。羽根をむしりとり、産毛《うぶけ》はさっと焼き払い、腹を開けて臓物を出す。さらに喉元《のど》まで裂いてから開き、胸骨の奥にこびりついている肺臓をきれいに取り去り、一度清水で全体をさっと洗い、水気を拭き取る。それを蝶番《ちょうつがい》のように広げてから炭火の上に配置した金網渡しの上で、味醂醤油を付けながら焼く。焼き上ったら竹製の足付小鉢に盛り、粉山椒を振り込んで完了である。骨切りなどの小細工は一切せず、骨付きのまま焼くのが「右官屋権之丞」流で、客は骨ごとバリバリと噛み砕くのもよし、また両手で裂いてそのまま前歯で肉片を齧《かじ》り取って食べるのもよい。

また、取り出した臓器は、肺臓以外は決して捨てない。胃や心臓や肝臓、内容物を扱《しご》き出した大腸などは、微塵に切ってから塩を加えて蓋付きの小甕《こがめ》に入れ発酵させて、塩辛にするのである。この塩辛は海から遠く離れた飛驒では大変貴重な酒肴の珍味とされ、鶫以外の野鳥の内臓でもよくつくるのである。勿論、それらの内臓を全て塩辛にするわけではなく、串焼きにしてから粉山椒か七味唐辛子を振って焼き鳥にしても使うのである。

さて、その「鶫の開帳焼き」なのだけれども、これが頗る美味であることは、初めて食べた客が皆、驚きや感動の声をあげることでわかる。それは当然で、先ず鶫という野鳥そのものが濃厚なうま味を持っているからで、それも濃いということだけでなく、優しく柔らかく円みのある味が、噛めば噛むほどジュルジュルと湧き出してくるからである。その上、この野鳥は餌の範囲が極めて広く、ミミズやクモ、オケラ、さまざまな昆虫といった動物系、柿の実、ネズミモチの実、ハゼの木の実、カラスウリの果肉、その他多くの果実の実など植物系と雑食だ。そのため肉付きもよく、また脂肪も多く、従ってコク味もじっとりと楽しめるのである。

開帳焼きを手にとり腿肉のあたりにガブリと歯を立て、口に入ってきた肉も骨もムシャムシャと噛む。すると瞬時に鼻孔から醬油で付け焼きされた肉身から実に香ばしい焙り香が抜けてきて、そこにうっすらと山椒の快香も交ったりしている。口の中では肉が歯に応えてシコリ、ムチリとし、そのうちに骨に当ってコキリ、シャリリとして、そこから奥が深く濃厚で、しかし優しいうま味がジュルジュルと出てくる。

肉がどんどんと歯に潰されていって、そのうちフワワ、ペシャリとなるころ、骨も小さくなってさらに潰され、そのうちに肉と融合して顎下に呑み下されていくのである。こうして骨まで齧《かじ》るといっても、所詮は中型小鳥の骨。肉と一緒にしっかり噛めばそう苦痛なく潰れていって、そこのわずかの髄液から出汁のような微かなうま味と甘みが出てくるのである。通の客人は、そのあたりも逃さずに舌の味蕾に神経を研ぎ澄ます。

「鶫治部煮《じぶに》」も「右官屋権之丞」の名物である。羽根を去り、内臓を取った鶫を肉と骨もろとも微塵に叩いてから擂鉢《すりばち》に入れたところに、鶏卵と少量の塩、小麦を加えてよく擂り混ぜ、それを厚さ一センチぐらいにならして三センチ四方ぐらいにまとめ、その叩き身に片栗粉を塗《まぶ》す。鍋に酒と味醂を等量入れて煮立て、アルコールを煮切ってからそこに出汁を加え、再度煮立ったら叩き身と生椎茸、京人参、小松菜あるいは芹、里芋を加えて煮、最後に塩と醬油で好みに調味し、薬味に本葵《わさび》を添える。

その美しさに息を呑む。光沢する純黒色の漆器の中に、片栗粉に包まれてぶよよとした白色半透明の鶫の叩き肉、そしてその脇に黒褐色の椎茸の傘がでんと一枚腰を下ろし、里芋の乳白色がゴロリと鎮座して、その左右には鮮やかな小松菜の緑と紅色の人参が彩っていて、目が冴えるほどの配色である。

それではいただきましょうかと、客は左手に椀を、右手に箸をとって先ずお目当ての鶫の叩き肉を取ってチョンと本葵をつけ、口に含んで噛む。するとそれが歯に応えてホコリ、モコリと崩れていき、直ぐに鼻孔から本葵のツンツンが少し抜けてきて、さらにそれをムシャムシャと噛んでいくと、そこから片栗粉に包み込まれていた肉と骨からの濃いうま味がジュルル、チュルルと湧き出してくるのである。

一緒に煮た野菜の中で秀逸なのは里芋である。それを一個とって口に入れて噛むと、歯に応えてネトリ、マットリと潰れていき、そこからこの芋特有のとても優しい甘みがジュワワ〜ンと湧き出てきて、さらにその甘みが鶫肉のうま味に染められ絶妙の美味しさとなるのである。

また、その里芋を半分口の中に置き、そこに鶫の叩き肉を半片ほど入れて、双方を混在させて噛むと、肉のホコホコとした歯応えと里芋のマットリとした歯触りのコントラストが妙で、そこからは奥の深いうま味と滑らかな甘みとがジュンワリと出てきて、味覚極楽に達するのである。

最も稀少料理とされて珍重される「寒鶫《かんつぐみ》の脂煎《あぶらい》り」は「右官屋権之丞」の名物中の

名物で、この料理の注文が許される客は常連客の中でも特別の賓客である。寒の時期に捕れる鶫は、肥えて肉付きが良いばかりでなく、味も非常にのっていて、さらに特筆すべきは脂肪が層をつくって皮と肉の間に厚く張り付いていることである。

この料理を得意とするのは第一四代目誠十郎から伝授された第一五代目の誠一郎で、その仕方は第一六代の誠也にも伝わっている。特別の賓客から注文が入ると、手元に数羽しかないときには高山市の銃砲火薬店に誠也が買いに走り、一〇羽ぐらい揃えてから誠一郎が料理に入る。但し、寒鶫なら何でもよいという訳ではなく、丸々と肥えてずっしり重く、そして羽根が艶々と光沢しているもののみを厳選するのであるから、そう簡単に数を揃えられない。

先ず常法通りに羽根と産毛を去り、内臓も取った鶫を俎板の上に横たえ、それを蝶《ちょう》番《つがい》のように開く。次に皮の面を上にして丁寧に、慎重に皮引き包丁を入れながら肉と皮を切り離していくのである。ここが一番肝心なところで、べっとりと張り付いているやや淡黄色を帯びた脂肪層は、皮の方に残しながら肉と切り離していくのである。肉は骨から切り離し、後ほどこの料理に使う。この肉と脂皮との切り分けは非常に高度なテクニックを要するため、誠也より数を多くこなしてきた誠一郎の方が遥かに上手で手速い。

こうして一〇羽の鶫を、全てこのような下拵えで処理していくのである。この料理には客一人に就き一羽を使うので、その日は一〇人分の「寒鶫の脂煎り」が出来る。そのため、この料理をするときは、注文してきた賓客は何人かを連れてくることが店への礼儀で、それでも一〇人に足りないときには「右官屋権之丞」の方から別の常連客に連絡してチャンスを与えるのである。すると声を掛けられた客は、一度はその幻の美味を味わってみたいと喜び勇んで涎を垂らしながら店にやって来るのである。

その料理の仕方は次のようである。先ず一羽分から出た脂皮を適量の大きさに切り分け、小さな薄鍋に入れてジリジリと煎る。すると脂は溶け、皮はクルクルと丸まり、その脂がプツプツと煮えだしたところへ酒と醬油と味醂を落とし、そこでこれも適宜に切り分けた一羽分の肉を加える。さらに細く千切りした白髪葱《しらがねぎ》とザク切りした青菜を加え、煮込んで一人前の完成である。それを京焼の白磁菊割小鉢に盛って客に出す。幻の嘉肴《かこう》とされているには意外に手速く料理が出来上るものだなあ、と思う輩《やから》もいるだろうが、脂肪がよくのり、肉のうま味も濃くなった寒鶫のみを特に厳選しての目利きと手間、難技な下拵えを精魂込めて調理した労力を考えると、やはりそう簡単につくれる料理ではないのである。

さてその出来上った「寒鵜の脂煎り」は、一見すると鋤焼《すきやき》風であるが、よく見ると全く違っている。肉と皮の色は黒ずまずにやや濃い目の琥珀色で、表面がテカテカと光沢している。そしてさらによく観察すると、その肉や皮の全面には、釘の穴ほどの大きさの淡黄色をした球《たま》がキラキラと輝いてびっしりと散り広がっている。それは皮に付いていた脂が熱で溶けてきた球で、実に美しい。また白髪葱は、煮汁や溶けた脂に染められて透明感のある淡い黄色を帯び、脇にある青菜とあいまって彩りがとてもよい。

客は心を落ちつかせて、先ずはチリチリと丸く縮まった皮を一枚取って食べる。皮の周りにはやや黄色味を帯びた脂がテカテカと付着していて、噛むと、皮は歯に応えてコリリ、シャキリとし、何とそこから想像をしていなかったほど甲《かん》の高い甘みがチュルチュルと湧き出してくるのである。さらに噛んでいくと皮はズルル、ズルルと崩れていき、今度はそこに付いていた脂がトロトロと流れ出てきて、口の中はペナペナとした軽快なコクで満たされてくるのである。そのうち、皮と脂はトロトロと混沌するので、その妙味をじっくりと味わってから客はゴクリンコと顎下に呑み下す。

次に肉を口に入れてムシャムシャと噛む。するとさすがに野生で鍛えただけのことはあり、シコシコ、ムチムチと弾むように歯に応え、そこからこれまた野趣のある濃いうま味がジュルジュルと出てくるのである。そして、その肉も脂で染められているものだから、ペナペナとしたコクにも囃されて、もはやこの時点で客の大脳味覚感受器は充満に至るのである。

葱も青菜もすっかりと肉のうま味と脂の甘さとコクに包まれて絶妙である。こうして客はその嘉肴をじっくりと時間をかけて鑑賞し、楽しみ、やがて小鉢は底を見せる。だがまだそこには、煮汁がほんの数滴キラキラと残っている。大概の客は不躾《ぶしつけ》ながらもその小鉢を手にとってチウチウと口で吸い、またペロペロと舌で舐《な》め、最後の一滴まで味わってしまうのである。

またこの料理では薬味に本葵を付さないのも右官屋流である。前に述べた「鶫の治部煮」には添えたので、不思議に思う朋輩《ほうばい》もいるだろうが、実はこの料理に本葵は効かないのである。薬味と言うのは本来、料理に添えて用いる香味野菜や香辛料のことで、少量でも料理全体に独特の香りや辛みなどを付与させ、味を引き立てる役割のものをいう。ところがこの「寒鶫の脂煎り」におろした本葵を付けて食べても何ら変化は起らない。それは、あまりにも寒鶫の脂が堂々としていて、本葵の辛味や香りなどいとも簡単に蹴飛ばしてしまい、薬味の役割を果せないからなのである。

「右官屋権之丞」の野鳥料理では鶫のほかに鴨、雉、山鳥、鶉、鶸、雉鳩などが賞味できる。鴨は鴨鍋、鴨飯、鉄板の上で焼いて食べる狩場焼などオーソドックスな料理で行なう。

雉と山鳥の容姿はとても似ていて、互いにキジ科の鳥だが遺伝的には別種の野鳥である。双方とも食味がとても優れているので人気の的であるけれど、食通達が特に熱望するのは山鳥の方である。

一般的に雉は平野部を、山鳥は山中を好んで棲んで居り、体型や色調は雌は互いに似ているが、雄は異なっていて、雉は総じて派手で、首の羽根が光沢のある緑色で真っ赤な顔に所々白色が混じり、尾羽根がとても長い。これに対し山鳥の雄は全身の羽根が赤茶色をしていて地味であるが、こちらも尾羽根はやはり長い。

「右官屋権之丞」では、雉と山鳥は吸いものの実、炊き込み飯《めし》、鍋が主な料理で、中でも客に絶大な人気を博しているのが雉飯と山鳥飯である。一〇人前を一度につくるので、その仕方は次のようにする。

先ず炊き込み用の具をつくる。雉肉あるいは山鳥肉一キログラムを皮付きのまま一センチの角切りにし、人参七〇〇グラムと大根一・三キログラム、石付きを取った椎茸一三〇グラムはそれぞれ二センチ程の拍子木切りにし、ゴボウ三五〇グラムは笹掻きに切ってから水に放してアクを抜き、油揚げ七枚は繊切りにする。

鍋に肉と出汁二〇〇ccを加えて煮、そこに他の具材を入れて全体に火が通るまでよく煮上げておく。粳米《うるちまい》二升五合と糯米《もちごめ》五合を合わせた三升の米は研いでから水に四〇分ほど浸け、それを笊《ざる》に上げて水を切る。米を釜に入れ、そこに出汁五・五リットル、醬油四〇〇cc、酒一五〇cc、味醂一〇〇ccを加えて炊く。炊上ったら具を加えてよく混ぜ合わせ、完成である。出汁は下拵えのときに出た雉あるいは山鳥の粗骨を煮出してとったものを使う。

その炊き込みご飯は見ただけで胃袋が締め付けられるような強烈な食欲を惹起させる。飯全体が淡い飴色に染められて光沢し、ホッカホカとしている。そこに美味そうな肉や皮の小さな塊りが豊かに散らばり、さらにあちこちに人参の赤や油揚げの艶のある淡い赤銅色などが彩っている。その温かい炊き立てをご飯茶碗にほっこりと盛る。客はそれを心ときめかせて受け取り、口に運んで静かに噛み出す。すると瞬時に、炊き込みご飯特有の醬油飯と野趣を宿す具から出た妙香が鼻孔から抜けてくる。そして口の中では、飯がホクホクと歯に当り、さらに肉片や皮片がムチムチ、コリコリと歯に応え、そこから、濃いうま味と耽美な甘み、脂や油揚げなどからのペナペナとしたコクなどが混然一体となって湧き出てくるのである。

また客が、この美味しい炊き込み飯《めし》を食べながらほかに気付くのは、飯がとてもふっくらとしていてやわらかで、そこから優しい甘みが湧き出てくることである。その理由は、糯米も使っている点にある。通常炊き込みご飯には粳米を使うのが定式であるのだが、藤丸家は昔から粳米に対し糯米を二割ほど加えて炊くのである。こうすることにより、粳米だけでの飯に比べてふっくらとして甘みがでて、それが野鳥の肉のうま味と脂のコクを調子づけるのである。

江戸時代から藤丸家に伝わってきた「羽《は》節《ぶし》酒《ざけ》」は雉肉と酒を使った強壮酒である。正月に一年間の壮健を祈願して家族全員でいただいてきたものであるが、これを所望する客がいるときはそれに応じて出すことにしている。嘉例酒といっても、風味は極めてよく、酒客にとってはたまらぬほど美味しいというので、注文も多いのである。

その仕方は、雉の身を下拵えしたときに出る羽節、すなわち手羽を鍋に入れ、そこにひたひたくらいに酒を被せ、とろ火にかけてしばらく煮てから湯を注ぎ入れ、淡塩味に仕立ててそこに芹あるいは三葉といった青菜、または茸などの季節のものを加えていただくのである。雉の肉、皮、骨から煮出されてきたうま味が酒の風味と重なり、快い塩味も加わって酒客には随喜の一杯となる。

鶉《うずら》も「右官屋権之丞」の野鳥料理によく出される美味鳥である。「鶉椀《うずらわん》」は肉だけを細かく挽いてから団子にまるめ、骨がらからとった出汁で煮、醤油味に仕立て、芹などを添えた澄《すま》し汁である。濃厚なのだが、極めて上品なうま味がこの鳥の持ち味で、シンプルなこの汁からは鶉の真味といったものが堪能できるのである。

また「鶉揚《うずらあげ》」は、肉と骨を一緒に細かく叩いてペースト状にして、つなぎに葛粉《くず》少々を加えて団子にしたものを胡麻油で揚げたものである。これにパラパラと塩をしていただくが、噛んでホコホコと崩れていく中から、野趣の味満点の濃いうま味がジュルジュルと出てきて、また鼻孔からは胡麻の香ばしい匂いが抜けてきて、客はまたもや歓喜するのである。総じて「右官屋権之丞」の鶉料理は、なるべくシンプルで無技巧気味に調理して肉のうま味をそのまま味わってもらうようにしているのである。

一〇、漬物お静

岐阜県飛騨地方は昔から漬物の王国のようなところである。冬は雪が多く、また農業や林業で生計を立てる人も多いので、どうしても食卓には簡便な漬物を欠かすことができないからである。これさえあれば食事の際の大切なおかずになるし、長く保存できるので冬期に家に籠《こも》っているときなどにも重宝だ。

そのため、長い歴史の中で飛騨人たちの知恵と工夫により実に様々な漬物が発生し、伝承されてきた。畑で栽培した根菜のみならず、山に行くとアザミや独活《うど》、蕗《ふき》などの材料も豊富に採れるので、漬物の種類はどんどん増えてきたのである。

藤丸家の一五代目誠一郎の妻として、古川の隣町の国府から嫁いできた静代は、もう小学生の頃から祖母や母が漬ける漬物造りを手伝ってきた経験を持っている。彼女の実家も代々続く農家で歴史も古く、豊かな家族構成の次女であった。地元の高等学校の家庭科を卒業して直ぐに高山市にあるドレスメーカーの事務員に就職している。その後縁あって藤丸家に嫁いできたが、多くの農家の嫁と同じように、畑仕事と家事全般を任されていた。藤丸家がその後「右官屋権之丞」を名告《なの》って料理屋を始めてからも、相変わらず畑で野菜をつくり、家族のための家事をしていた。静代のつくった野菜、そしてのちに誠二もつくることになる藤丸家の野菜は、堆肥栽培なので実に瑞々しく美味しいので、そのうちに「右官屋権之丞」の料理に使われ、客に提供された。

店は年々評判となり、客の数も飛躍的に増え、地元の古川町や高山市からだけでなく名古屋市や富山市、さらに遠く京都市あたりからも食通人たちがやってくる。そのため誠一郎は新たに男性料理人一名と女性二名の手伝いを雇った。その料理人は近藤英輔という働き盛りの三六歳。高山市の料理屋で働いていたのを畑野修平が腕に惚れ込んで誘い、来てもらったのである。これで厨房では誠一郎、誠也、畑野修平、近藤英輔の四人の料理人と見習いの柴山真一合わせて五人が腕を振るうこととなった。因みに誠二は猟をしながら畑仕事と鶏の飼育、美鈴は接客係、そして職業安定所からの紹介で新しく入ってきた二人の中年女性は料理を運んだり、食器を洗ったりとそれぞれが毎日忙しく立ち回っていた。

静代は、畑で野菜をつくっていたが、その合間をみて大好きな漬物造りをしていた。始めのころは、畑の脇にある倉庫兼作業所に漬け桶を持ち込み、そこで作業をしていたが、とても美味しい漬物なので客の間で大評判となった。しっかりした堆肥で栽培した根菜ばかりを使うので、それは当然美味しくなるのだけれど、そこに静代の技量が加わるので、その漬物は極上無類の味となるのであった。

そこで誠一郎は、倉庫兼作業所を拡張改造して静代専用の漬物小屋「静香庵《せいこうあん》」をつくり、入口に立派な看板も掲げてやった。読書を好み、また様々な事に挑戦したり興味を抱く誠一郎はなかなかのインテリで、その上思ったことが正しいと判断すると、忽ち実行に移す気質を持っている。さらに洒落《しゃれ》で粋な遊び心も備えていて、その漬物小屋に「静香庵」などといった高尚な名を付けたのも、彼らしい一面である。

「静」は静代のこと、「香」は漬物を香《こう》の物《もの》あるいは香香《こうこう》、お新香などと呼ぶように昔から漬物を雅称した言葉からとったものである。「庵」は隠遁する者の居場所という意味を持っているが、まさか静代をそこに隠居させるということではなく、何の気遣いなくゆっくり漬物づくりに没頭しなさい、という情心《なさけごころ》なのであろう。

静代の造り方は独創的なものは少なく、多くが昔から伝わる伝統的な漬け方を頑《かたく》なに守ったものだ。これも飛騨の匠の里に伝脈されてきた風習の名残なのかも知れない。静代はアザミ、白菜、赤蕪《あかかぶら》、茄子《なす》、胡瓜《きゅうり》、山菜、茸《きのこ》まで何でも漬けるが主体は大根なのでこれを例にして述べることにしよう。そこからはただの大根と言っても幾通りも漬け分けて、さまざまな香味を味わうことのできる知恵や、葉も茎も全て漬け込んでまったく無駄を出さずに丸ごと食べてしまう工夫などを垣間見ることができる。

先ず大根は選定から始まる。細くなく立派に育ち、曲りや節《ふし》や罅《ひび》などのない素性のよい大根だけを選ぶのが静代流である。それをよく洗い、葉と葉でしばり、棒に掛け渡しして干す。干し上ってしんなりとし、曲げると馬蹄《ばてい》形になったら漬け込みとする。漬け樽には四斗樽を用い、先ず大根から葉を切り落し、その葉を樽の底に敷き、その上に大根を並べ、米糠《こぬか》を加え、塩を撒く。そこに再び葉を敷きつめ、その上に大根、米糠、塩を撒く。この操作を繰り返し、樽の一番上に来たら大根葉を敷き、押し蓋をしてから重石をするのであった。静代のこの段々漬けの方法は実に理に適っている。

先ず大根の葉を一番底と中間層、そして一番上に敷くのは、発酵をスムーズに行なわせるための知恵である。恐らく経験からこういう方法を編み出したのであろうが、実は大根の葉には非常に多くの数の植物性乳酸菌が付着していることが学問的にわかっていて、それが発酵の中心を司っているからである。下から上へ段々に大根を漬けていくことで、均一な発酵状態を保つことができ、従って樽全体の大根の味と香りが一様になるのである。

漬け上がった大根を切り分けて食べると、カリリ、コリリ、コキリと快い歯応えの中から大根から出た甘みと米糠からのうま味、そして発酵によってできた爽やかな酸味などが口中に広がり、これぞ大根の糠漬け、と客は唸るのである。

大根漬けは根を漬けるものであるが、静代は葉を漬けるのも得意である。葉をよく洗い、切らずに長いまま漬け桶に入れ、塩だけを加えて重石をして発酵させる。三週間もすると緑だった葉はべっ甲色に変わり、乳酸発酵が進んで爽やかな酸味と牧歌的な匂いが出てくるので桶から出して、再び新鮮な緑葉を漬ける。晩秋の収穫期から翌年の三月頃まで、こうして何回も漬け続けるのである。

桶から取り出した漬け上った漬け菜は、これまた静代の発想で実にユニークなものへと変身していく。その漬け菜を水で揉み洗いしてから醬油を搾る前の「たまり」を少量加え、さっと煮るのである。そして客の宴の最後に、温かいご飯にその煮菜を添えて出すのである。非常に素朴な食べ方であるが、ご飯の甘みと煮菜の酸味を伴ったうまじょっぱみとのコントラストが絶妙で、客はその美味しさと初めて食べる煮た漬物の珍しさに感激するのである。

また、漬けた菜を一度熱湯でさっと茹でてからそれを針金などに吊るして太陽に当てて干し上げる。その干し漬菜を遠火にあてて乾燥させ、手で揉《も》んで粉にし、これをご飯に振り掛けて食べてもらうことで客を歓喜させることもある。その干し漬菜を掛けたご飯からは、漬物の牧歌的香りに太陽の日向香《ひなたか》の匂いが混じり、またご飯の甘みに干し漬菜の爽やかな酸味としっとりとしたうまじょっぱみが重なり、客は大いに喜ぶのである。とりわけ、野生の鳥獣料理を食べてきた後のメ《しめ》のご飯だけに、そのあっさりとした妙味に心が和むのである。

静代の大根の漬物は、魚と共に漬け込んでもとても美味しいものとなる。例えば「アマゴの大根鮓《ずし》」である、アマゴは「雨子《あまご》」と書き、岩魚《いわな》や山女《やまめ》とともに遠山渓流を代表する体長二〇〜三〇センチほどの川魚で、山女に酷似しているが、アマゴには脇腹に美しい赤い斑点があり、山女にはない。「雨子」の名は、雨の多い梅雨時によく釣れるからという。そのアマゴは「右官屋権之丞」から約一キロメートルほど離れた清流の宮川やその支流、水系に生息していて、六〜七月に、頼んでおいた川魚釣師が、釣ってきて届けてくれるのである。宮川は鮎《あゆ》が有名であるが、そちらは契約している鮎釣り専門の漁師が持って来てくれるので、それを新鮮なうちに膾《なます》あるいは背越《せごし》で生食としたり、塩焼きや魚田《ぎょでん》として客に出す。

一方、アマゴは直接客に出すことはなく、静代の漬物の材料に使うのである。梅雨時に届けられたアマゴは、直ぐに塩漬けにして秋大根の時期まで保存しておき、大根の収穫に合わせて鮓《すし》を漬けるのである。先ず塩漬けにしておいたアマゴを桶から取り出し、藁《わら》で編んだ叺《かます》に入れ、それを裏山から流れてくる小川の水に晒《さら》して塩やアク、汚れなどを完全に洗い出す。一方で葉を落とした大根はよく洗ってから水気を拭きとり、千切り突きで千切りし、塩を振る。塩の量は舐《な》めてやや塩気がする程度までとしているが、いつも静代は塩の計量などせず経験と勘で手でつかみ取り、加えている。

次にその塩を振った千切り大根に大根の三割量の冷ました飯《めし》と米糀《こめこうじ》、大根の一割量の人参《にんじん》の千切りを加え、よく混ぜ合わせて漬床《つけどこ》とする。漬け桶の底にその漬床を敷き、その上にアマゴを敷き並べ、その上にまた漬床を敷き、またその上にアマゴを並べと、下から順々に漬け込んでいき、一番上の方にきたら最後は千切り大根だけで被い、落し蓋をしてから重石をかけるのである。

こうして漬け込みが終ると、あとはそのままにしておいて発酵させ、正月になったらその年の最初の客から食べ始めてもらうのである。この出来上った「アマゴの大根鮓」を黒塗り漆器皿に盛ると実に美しい。アマゴの白銀の地肌に濃い褐色の斑点が点々とあって、その合間合間に南天の実のような赤い斑点が美しく並んでいる。そこに大根と飯と米糀の白がどっしりと脇に侍り、人参の赤が映えて、眩しいほどだ。

アマゴ鮓は漆器皿に盛るときに客が食べやすいように切り分けてあるので、それではいただいてみましょうかと、客はそのアマゴの一片と千切り大根を箸でとり、口に入れて噛む。すると瞬時に鼻孔から発酵した大根特有の牧歌的な匂いが抜けてきて、口の中では千切り大根のシャリリ、シャキリとした歯応えの中から爽やかな酸味が湧き出してきて、またアマゴも歯に応えてホコリ、ムチリとしてそこからは濃厚なうま味とコクとがジュルジュル、トロトロと流れ出てくる。客はこの珍しい千切り大根とアマゴの鮓を先付けの肴にして燗をした酒をいただき、味覚極楽を決めつけるのである。

この「アマゴの大根鮓」は量に限りがあり、三月ごろには底をつく。そのため静代は、その代替ものとして「ニシンの大根鮓」も始めた。こちらの方は身欠《みがき》ニシンを使うので一年中手に入る。ところが、つくってみると実に美味しいので、そのうちにアマゴでの大根鮓と肩を並べるほどの人気となった。

身欠ニシンとは主に北海道でつくられるニシンの乾製品で、鰓《えら》や腹子、内臓を除いて三日間ほど日干しした後、背を切り開いて背骨を取って片身とし、それから再び一ヶ月ほど乾燥させ、さらに一週間ほど冷室内で寝かしたものである。長期保存が可能なため、海から遠く離れた京都、会津、飛驒などでは貴重な蛋白源として重宝されてきて、昆布巻きや味噌煮、甘露煮などに使われてきた。

静代は、その身欠ニシンを札幌市にある著名な水産会社佐藤水産から買っている。この会社は鮭を中心とする北海道産魚介類の総合水産加工及び販売会社で、身欠ニシンの場合は石狩港に水揚げされた地もののニシンだけを使って昔ながらの方法でつくっている信頼の置ける老舗なのである。とにかく静代は、自分の漬物に使う材料には徹底的に拘《こだわ》り、調べ上げ、そして自らそれを注文する気骨な女性なのだ。

北海道から取り寄せた身欠ニシンは、木綿でつくった布袋に幾つも分け入れてから、裏山から流れてくる清らかで無垢で冷涼な水に晒しておくのである。こうすることにより、堅硬なニシンは柔らかく戻り、その上アクも抜くことができる。大根は千切りで突いて軽く塩揉みし、そこに飯と米糀と千切り人参を加え、あとはアマゴの大根鮓と全く同じ方法で漬け込んでいくのである。こうして漬け上った身欠ニシンの鮓を食べてみると、うま味やコク、酸味がとても強く、発酵の勢いを感じさせた。

こうして漬けた静代のアマゴとニシンの大根鮓の味の違いは歴然であった。アマゴの場合は、鮓全体があっさりとしたうま味の中にやや強い酸味がし、発酵香も穏やかなものだったのに対し、ニシンの場合は旨味がとても濃く、脂肪からのコクものり、酸味も甲高《かん》く、発酵香はこれぞ熟鮓《なれずし》を思わせるほど強かった。即ちアマゴは女性的でニシンは男性的、アマゴは気品でニシンは気骨、アマゴは軟派でニシンは硬派といった違いがあるのである。静代は、この風味の差は淡水で育ったアマゴと海水から揚ってきたニシンの身の違いであろうと分析している。いずれにしても、客はこの二種の肴の大根鮓を食べながら、神秘的な発酵食品の世界へと導かれていくのである（実は藤丸家にはこのニシンの鮓とは別に、秘伝の鮓があるのだった）。

一一、濁酒《どぶろく》先生

飛騨各地には奇祭として知られる「濁酒《どぶろく》祭り」が昔から伝えられてきた。今はその代表が合掌造りで知られる白川村の白川八幡神社、鳩谷八幡神社、飯島八幡神社の祭りである。その縁起は古く、奈良時代初期の和銅年間に始まったというから一三〇〇年以上もの歴史のある祭りなのである。この祭りの祭儀は村人が山里の平和と五穀豊穣を祈り、また秋の収穫を喜び合うために行なわれるもので、獅子舞や雅楽人を従えた神輿《みこし》行列が練り歩く御神幸が終ると、神社の酒蔵で醸造された濁酒が参詣者にふるまわれる。

その白川郷の濁酒祭りは、今日ではとても規模が大きくなり、祭りの二日間に三万人もの参詣者が集まるといったように観光化したものであるが、中には昔から村人たちだけで神様に御神酒《おみき》と御神饌《ごしんせん》を捧げ、その神と一緒に饗宴する直会《なおらい》を行なっている里山も飛騨にはまだまだあるのだ。そのひとつが「右官屋権之丞」の近くの小さな鎮守の森に鎮座する吉備森《きびのもり》八幡神社である。創祀は未詳だが、かなり古い神社で、主祭神は応神天皇である。この神社の近くにある集落は、この八幡様を氏神様として崇めていて、毎年一〇月一五日を祭日と決めて濁酒祭りを行なってきた。

白川村の祭りの規模とは桁違いに小さく、質素な濁酒祭りではあるが、昔から里山に生きてきた人たちの信仰心は厚く、祭りには老若男女を問わずにほぼ集落の全員が何らかの形で加わってきたのである。

吉備森八幡神社の神殿は白川村の八幡神社のように立派な酒殿《さかどの》があるわけではなく、氏子《うじこ》が当番制で濁酒造りを持ち回ることになっていた。しかし集落民は高齢化したり集落を離れたりして氏子の戸数も減ってきた。そのためこのところ何年間は「右官屋権之丞」の作業場を借りてそこに〆縄を張り、造りの初日には古川の市中から権禰宜《ごんねぎ》に来てもらい、世話役一同も揃ってお祓《はら》いを受けてから仕込みをするのであった。

その世話役は地域行政区長、隣組世話人、地域消防隊員、地域農村青年部、地域婦人会などと、仕込み場所提供者として藤丸権之丞誠一郎、濁酒造りの責任者らで総計一二～一三人である。ところで、日本の酒造史を顧《かえり》みると、民間人が酒を自由に造ることが許されないのは奈良時代からの決まりで、以後平安、鎌倉、室町、江戸、現代まで、時の政権を把握していた朝廷や幕府、政府が頑にこれを守ってきたのである。その理由は、酒を税の対象としてきたからで、勝手に造られては租税の収入が入らないことによる。このため農民が祭り用につくる濁酒にまで厳しく税が課されてきた。

また、米は日本人の主食穀物で、それでどんどんと酒が造られたのでは、非常時の備蓄米が不足してしまう。さらに自由に酒が造られたら、それを飲んで事件を起す者も少なくなく、社会不安を誘発することへの危惧もある。

そのような理由で、時の政権に隠れて酒を造ると、それは密造酒造りによる脱税犯となって罰せられた。しかし明治政府になって酒造税法が新たに制定されたのをきっかけに、祭り用の濁酒には一石以下、つまり今でいう一八〇リットル以下に限っては無税とされたのである。但し、その時には必ず税務署に申告し、許可証を交付される必要があるとされた。今は時代も変り、酒税法も大幅に改正されて、「濁酒特区《どぶろくとっく》」などという制度もでき、造りたい自治体や団体などが国税庁に申請し認可されればかなりの量まで造ってよいという道も開かれた。

さてその年も秋の例祭がやってきた。「右官屋権之丞」の作業所での祝詞《のりと》も終り、いよいよ仕込みに入るのである。濁酒造りの責任者は杜氏《とじ》と呼ばれ、これにはここ数年、濁酒造りの名人である羽黒山徳蔵先生が指揮に当ってきた。羽黒山先生は地元の中学校の校長を最後にこの集落にある生家に戻り、悠々自適の生活に入っていた。集落のありとあらゆる会合には世話役として参加して、貴重な意見を述べるなど、集落一のインテリである。五七歳で校長を退職、それから直ぐに杜氏を引き受けたが今の年齢は六七歳であるので、もう一〇年も濁酒づくりをしている。そのため集落では、羽黒山先生ではなく「濁酒先生」と呼んでいるのであるが、本人もその方が機嫌が良いのである。

濁酒先生は、毎年酒造りを手伝ってくれる農家の主人三人を集落から選んで一緒につくり始める。米は地域行政区費を出してもらって古川の精米屋兼米屋から買いつけた。仕込み用の桶は、古川町内にある酒造会社から壺代桶《つぼだいおけ》と呼ばれる桶を寄贈してもらい、それを仕込み容器としている。その桶は大きいものでは六〇〇リットル容量も入るが、頂いたものはその半分ほどのものである。

また仕込みに使う米糀は、高山市にある糀屋から取り寄せている。米を蒸す甑《こしき》は一〇年前に濁酒先生が古川の飛騨の匠の末裔の大工屋につくらせ、同じく蒸すための大釜も古くから伝わる鍛冶屋《かじ》に依頼してつくらせた。米を研《と》ぎ桶に入れて水を注ぎ、手を回しながら十数回、水を換え続けてよく洗い、水が濁らなくなるまで続ける。その米を大笊《ざる》に移して水を切り、甑に入れて蒸し上げる。甑の下では大釜が竈《かまど》にかけられて勢いよく蒸気を吹き上げ、その蒸気を甑に導き米を蒸し上げていくのである。

仕込み桶に、集落に流れてくる北アルプスからの冷涼な伏流水を汲み入れ、そこに米糀を加えて櫂《かい》棒で攪拌する。これらの作業の時、濁酒先生と三人の手子《てこ》は口元に真っ白い口覆《くちおおい》をし、頭にも白の姉被《あねさかぶ》りをして、清浄な装束で行なうのである。

その水と糀の入った仕込み桶に、よく冷ました蒸米を投入、さらにその時、濁酒先生秘伝の「御神酒種《おみきだね》」という握り飯《めし》ほどの大きさの神聖なる玉を投入するのである。そして四人の酒部《さかべ》は、それぞれ手に櫂棒を持ち、呼吸《いき》を合わせて醪《もろみ》を攪拌するのであった。これで仕込みは終了し、あとはその仕込み桶に蓋をしてから、大きな白地の木綿布で囲み、以後は濁酒先生の厳重なる管理の下に醪は発酵していくのである。

その醪を、濁酒先生は毎日朝昼晩の三回櫂入れをし、温度を測り、味をみて発酵経過を観察、それをノートに記録してくのであった。「右官屋権之丞」の作業所から濁酒先生の自宅までは約四〇〇メートルほど離れているが、とにかく熱心な先生は醪の観察に一日三回自転車でやってくるのである。

ただ「右官屋権之丞」は山麓地にあり、濁酒先生の家はずっと下の集落地にあるので、醪を見に来るのに自転車を使うのは大変な労力を要する。しかし先生は、酒造りの時こそ心身の鍛錬が必要なのだと、自家用車を使わず敢えて自転車を選んだのである。

一日三回自転車を押しながら坂を一歩一歩、亀が歩むが如く昇ってきて、観察が終ると今度は兎《うさぎ》が山を駆《か》け下るが如く疾走していくのであった。その姿を見るにつけ集落の人たちは、「もしもし亀よ亀さんよ」で知られる童謡を思い浮かべるのであった。

こうして濁酒先生の愛情に導かれて、仕込み一〇日後にはとても美味しい濁酒ができ上った。それはちょうど濁酒祭りの前日のことである。一般に素人が造る濁酒は、発酵が強すぎたり、雑菌である乳酸菌の繁殖が旺盛過ぎたりして、うま味の少ない辛口で、とても酢っぱい酒になるのがほとんどだ。ところが濁酒先生の手にかかれば、とろりと甘く、すっきりとした味もあり、コクものっていて、そして馥郁たる芳香を宿す酒が出来上るのである。

実はその秘密は「御神酒種」の使用にあるようだ。酒種は先生自ら次のようにしてつくる。去年濁酒が出来上ったとき、その場で湯呑み茶碗に一杯分の濁酒を仕込み桶から汲み取り、それを小さな木綿袋に入れて手で搾《しぼ》る。すると袋の中には搾り粕が残るので、それを取り出し、そこに少し柔らかめに炊いたご飯を搾り粕と同量程度混ぜ合わせ、軽く握っておむすび状にしたものがその種《たね》なのである。

濁酒先生はその種を、杉の皮でつくった丸く小さな曲げわっぱに入れて、大切に自宅に持ち帰り、直ちに冷蔵庫に付随している冷凍室に入れて次の年の仕込みまで保存しておくのである。その種は発酵を司る酵母の巣窟で、冷凍室に保存しておけば死滅することなくそのまま生かしておくことができる。この種を次の年の仕込みに加えることによって、酵母は新しい醪の中で強く健全に増殖と発酵をすることができ、従って美味しい濁酒ができるのである。実は羽黒山先生は中学校では理科の担当教諭だったので、その辺りのことはよく知っていて酒種の発想を思いついたのであろう。

さて、その年も先生のおかげで美味しい濁酒ができ、集落を挙げて濁酒祭りが執り行なわれた。白川郷の祭りのように神輿行列が出たり獅子舞が奉納されたりといった盛大なものではないが、集落の団結といったところでは負けていなかった。その日は吉備森八幡神社境内に例大祭の大きな御神旗の幟が二対掲げられ、一方には太く大きな字で「吉備森八幡神社例大祭」、他方は「五穀豊穣　家内安全」と染め抜かれている。例によって古川の市中から権禰宜に来てもらい、世話役一同お祓いをしてもらってから行政区長、隣組世話人代表挨拶、そして参詣者全員に湯呑み茶碗に入った濁酒が配られ、一同神殿に向って頭《こうべ》を下げ権禰宜がお祓いをして直会《なおらい》となった。

境内の小さな広場には茣蓙《ござ》や蓆《むしろ》が敷かれ、その上に参詣者が胡坐《あぐら》をかいて座り、めいめいが濁酒を飲み始めた。すると直ぐに直会の司会を務める地域農村青年部の若者が濁酒先生を指名し、恒例によって今年の濁酒の出来具合いを報告してもらうことになった。すると先生、待ってましたとばかりに立ち上って開口一番、「先程、八幡大神宮応神の神様には、稀に見る出来栄えの濁酒として報告しましたが、あらためて御参詣の皆々様へ今年の濁酒の出来具合いを申し上げます。我が輩が言うには痴《おこ》がましいが、今年の濁酒は極上大吉無類の美禄《びろく》にて、この酒の出来栄えを以って卜占《ぼくせん》致しますところ、今年もまた揺るぎなき豊作との吉相が神託された次第です」と、さすがはインテリ先生の報告である。

そこまでの報告が終ると、先生は濁酒醸造責任者としての使命はもはや果たしたと安堵したのか、「ハァ〜」と大きく息をしてから、とたんにリラックスムードとなった。当日は祭祀の準備の前から、すでに何度も何度も濁酒の出来具合いを茶碗酒で利きいていたので、大分気持ちも大きくなっているようだ。赤い顔に口髭《くちひげ》の先生をよく見ると、その黒い髭には白いものが点々と付着していて、それが誰が見ても濁酒の米粒だということがわかる。そして、それから述べた「濁酒談義」は、さすがに羽黒山徳蔵先生にしか語れない圧巻ものであった。

「ここで、せっかく皆さんが我が輩のつくった濁《どぶ》を飲みに来なされたのだから、余興をひとつ御披露することにしますよ。それはだね、今日の祭りにちなんで濁酒の話をしますよ。

学生時代に我が輩は農村風俗研究会という研究サークルに所属していた。そこでだ、我が輩は農村と濁酒という研究テーマをもらってだね、濁酒の実態を調べてみたことがあるんだ。皆さんも知ってのとおり、濁酒を個人が勝手に造ったり飲んだりすることは国の法律違反だから、見つかれば罰せられる。ただしこの祭りで皆さんが今飲んでいる濁酒は特別に国の許可を受けているので大丈夫だ。

しかし酒には税金が高くかかっているので、米を持っている農村はね、その税金を払うのは馬鹿馬鹿しいというので、自分たちでこっそり造って飲もうということになる。また、戦争が終ってしばらくの間は食糧難の時代が続き、物価も高騰して酒も買えない。

そこで密造酒をつくろうということになるのだが、そのあたりがね、今思えばとても愉快だったんだよ。私は当時農村風俗研究会で農村の密造酒の実態を調べたのだけれどそこではね、密かに濁酒を造って村人皆んなでワイワイ楽しもうじゃないかという農民側と、密造酒は一滴も許さねえぞという警察署や税務署との追いつ追われつの攻防がまるでドタバタ劇を見ているようだったんだ。

なにせね、検挙されると酒税の何百倍という罰金がとられるから村人も必死で、いろいろな手を考えていたんだな。だからね、万が一捕まったことを考えてだ、集落単位で検挙保険に入っていたところもあったのだよ。農村の近くの大きな街に闇の保険屋ができて、社長が薬売りの行商人とかに化けてね、村に入って行って契約するという次第だ。

とにかく農村には濁酒の原料の米はいくらでもあるし、糀造りだってそう難しいものではないからね、いつでも好きなだけ造れるんだよ。だから全国至るところの農村で濁酒造りが華やかだったわけだ。それだからこそ検挙保険が発達して闇保険屋が暗躍する。戦争も終ってね、昭和二〇年代から三〇年ぐらいの間だった。

農民側にはまだ奥の手があってだ、濁酒をつくる場所は大抵一人住まいのよぼよぼのお爺さんとかお婆さんの家に決めていたんだ。そして運悪く検挙されるとだね、密造名義人が爺婆《じじばば》となると官憲《かんけん》は金のないこんな老人から罰金の取り立てはできない。そこで刑務所に入ってもらって日当で支払ってもらうことになるのだが、刑務所でよぼよぼの爺婆に重労働を課すわけにいかないから軽い坐業を課す程度となる。一方、家に居ても役に立たない老人でも刑務所に行けば話相手がいるから淋しくはないし、三度の飯は只で食えるし、立派に日当稼ぎもできる。そしてそのうちに楽しかった務めの日も終り、また村に戻って濁酒隠しに精を出すのだね。

またたね、税務署や警察に決して見つからない隠し場所というところも心得ててね、便所を二つに仕切ってだ、一方の便壺《べんつぼ》は糞尿貯めにそのまま使い、他方の壺には何も入れないで空にしておく。そして、官憲が村に入った情報が火の見櫓《やぐら》の半鐘の早鐘で知るとだね、近所の人たちが急いで濁酒を洗面器やバケツなどに入れて、便所に空壺を備えた家に走って行ってそこに隠し、蓋をして涼しい顔をしていたそうだ。官憲はいくらなんでもそんな臭くて汚いところに酒を隠してはいないだろうと、全く気付かなかったという次第だ。

しかしだね、中にはついてない奴もいたと記録した書きものも出てきたよ。ある農家の主人がだ、翌朝早く寝込みの手入れがあるとの情報が入ったのだが、突然のことで隠す場所が直ぐに見当たらず、とっさに気付いたのが病気になったとき頭を冷やすゴム製の水枕だ。幸いに大人用の大型の水枕があったので、それに濁酒をたっぷりと詰め、それを枕に敷いて寝入ったんだね。

すると明け方にその水枕が突然大きな破裂音を立てて爆発したんだよ、濁酒の中にいた酵母が、まだ活性状態となっているところに、頭の体温熱で温められたからたまらない。水枕の中で発酵が旺盛となり、発生した炭酸ガスが充満、ドカーンとなったんだな。その主人は、頭から濁酒被ってぶるぶると震えていたところに税務吏《ぜいむかん》が入ってきて御用となったとある」。

もうここまで来ると濁酒先生の「濁酒談義」に参詣者たちは酒も手伝い、笑い転げて大賑いである。先生はなおも続ける。

「血の気のある青年の多い集落ではだね、税務吏が集落に向っていることを知らせる早鐘がなると、消防青年団が鳶口を持って村の入口に立つんだな。すると税務吏は心細くなって引き返す、という茶番劇もあったそうだな。

また子供を使った官吏撃退法もあってな、税務吏が村の茶店などで休んでいると、そこに悪童を忍び寄らせて釘で自転車のチューブに孔をあけさせるんだよ。税務吏がさて出掛けようとすると自転車が使えない。懲《こ》りて二度とその村には行きたくなくなるそうだよ。

あれれ、我が輩が一人でこんなに喋《しゃべ》りまくってしまって、こりゃすまん、すまんです。ではこのあたりで濁酒にまつわるくだらん話はお開きと致しましょう」。

羽黒山徳蔵先生の、めったに聞くことの出来ない話に、参詣者一同の拍手は鳴り止むことはなかった。

一二、誠也の祝儀

第一六代目藤丸権之丞誠也、すなわち第一五代誠一郎の長男は三三歳という、やや晩婚で所帯を持った。大好きな狩猟と料理を一人二役でこなし、激忙な日々を送っていたので、とても結婚する余裕など無かったというのが正直な話である。弟の誠二は二八歳ですでに結婚し、二人の子供もいるのを横目に、誠也はひたすら好きな仕事と向かい合せでいた。そんな誠也であるから、恋愛している暇もなく、見合い結婚である。

その良縁を持ってきてくれたのは、常連客でこの地方の農業団体連合会組合長兼理事長の谷口久一郎であった。客として「右官屋権之丞」に何人かで来て、いつものように賑やかに食事をし、帰り際に誠一郎を部屋に呼び、誠也にちょうどよい嫁さん候補がいると言って、見合い写真と簡単な生い立ち書《がき》を置いて帰って行った。誠一郎はその夜、それを見て驚いた。その女性はきりりとした実に清純な顔立ちをしていて、そしてなによりも美人である。どこか育ちの良さも感じ、どうもこの辺の人ではないように思えた。

ところが生い立ち書を見てまたまた驚いた。何と自分の女房の静代が生まれた町と同じ近隣の国府に住む人である。父親は田中真治郎で本人は田中茜《あかね》、二八歳。母親は田中淑子。父真治郎は飛驒地区農業共済組合事務局長。茜は三人兄弟のうちの長女で、下に二人の弟がいる。高山市の県立高等学校普通科を卒業後、地元の信用金庫の事務員として採用され、二六歳で退職し、あとは花嫁修業のため高山市にある料理教室や着付け教室、生花教室にも通い、その後家事を手伝っていた。

誠一郎は早速翌日、誠也にこの話を伝え、写真と生い立ち書を渡して、「よく考えてみな」と言った。一日して誠也は「会ってみます」との返事で見合いに異存はなく、むしろ積極的でさえある兆しがあった。そこで父誠一郎は谷口久一郎にあらためて見合いを懇請、そこで久一郎は正式に仲人役を引き受けたのである。

見合いは春四月の大安吉日の日曜日であった。場所は新緑の息吹《いぶき》に包まれて、休日のため静閑としている「右官屋権之丞」の客間である。その日は朝からの晴天で日和もよく午前一一時に黒紋付羽織袴の谷口久一郎と同じ黒紋付の妻富美、黒のダブル服の父田中真治郎と和服仕立ての母淑子に付き添われて、茜が初めて「右官屋権之丞」の敷居を跨いだ。藤色で清楚、そして上品な訪問着の艶ややかな容姿で、母淑子はそれより控えめの淡い青の江戸小紋。そして誠也は黒紋付羽織に仙台平《せんだいひら》の袴である。体軀大型の誠也には実に似合いの和装束である。

見合いの進行は仲人谷口久一郎の巧みな誘導で行なわれた。久一郎は土地の名士の一人でもあるので、このような場数はごまんと踏んでいる。とても和やかな雰囲気の中に、とんとんと話は進み、酒肴をいただき、双方の家からも当の二人からも全く異論はなく、ここに目出度く見合いが成立した。その後は晴れの日まで古式通りの仕来《しきた》りを重ねていよいよ結婚式と披露宴の当日を迎えるのである。

通常披露宴には両家の親戚一同のほか、地域の有力者、隣近所、両親の知人や友人、新郎新婦の知人や友人といった人たちを招待するのであるけれども、藤丸家は「右官屋権之丞」という料亭を開いている関係でそれらの招待者に加えて、とりわけ大切な常連客や食材納入業者なども考慮しなくてはならない。そうなると恐らく三〇〇人は超えてしまうだろう、と誠一郎は頭を悩ました。それは、富裕な藤丸家ゆえに披露宴に使う金額などの問題ではまったくなく、困っているのは誰を呼び誰を呼ばないか、なのである。これを間違えば遺恨《いこん》の元になりかねないし、互いに後味の悪い思いをしたくない。

そんなことを考え悩んでいた誠一郎に、意外な意見を述べたのは外ならぬ当事者の誠也であった。その私見とは、「自分たちのために披露宴を盛大に催してもらい、多くの人から祝ってもらうことは有難いことなのだけれど、今はもうこれまでの言い習わしの時代ではなくなったように思う。できることなら婚礼関係者である藤丸家と田中家の親族ならびに仲人の谷口久一郎様ご夫妻、それに行政区長の戸川安次氏、永代供養菩提寺である浄善寺の小野顕照《けんしょう》住職、隣組代表として羽黒山徳蔵先生に結婚式に立ち合ってもらい、その後この顔ぶれのまま直ちに披露の宴を開きたい。父に異存がなければ、自分はこれから田中真治郎氏と谷口久一郎氏の所に行って私の考えを説明し、納得してもらってくる」というものである。

誠一郎は内心ほっとした気持ちになったが、しかし本当の胸の内はまだ蟠《わだかま》っていた。第一六代目を継いだ長男誠也だけにはどうしても絢爛《けんらん》たる華燭の典を迎えさせてやりたかったこと、そして次は仲人谷口久一郎の面子《めんつ》に対してである。

谷口はこれまで相当の数の仲人を執ってきて、恐らくそのすべてが厳粛《げんしゅく》な祝典と華ばなしい披露宴をこなしてきた地域の名士である。おそらく、今や飛ぶ鳥も落とすほど隆盛を極めている藤丸家の婚礼は、破格の規模であろうと思っているに違いないし、また期待もしているであろう。果たして誠也の考えに聞く耳を持っているのだろうか。しかしまあ、主役の誠也の言い出したこと、意外に頑固で自分の意を通す性格ゆえに、そう簡単には引き下がらないだろう。ここは彼にまかせてみよう、と誠一郎は心に決めたのである。

父から何となく内諾をもらった誠也は、店の休みの日に先ず田中家に出向いた。玄関先で明るく清々しい顔で迎えてくれたのは茜で、通された床の間に正座して待っていると、ほどなく真治郎が出てきた。こちらもニコニコしていて、いつも心身から爽やかさを感じさせてくれる人である。あらかじめ式当日の打合せのため、と誠也の方から茜に連絡を入れていたため、早速黒檀製の大きな座卓を挟んで向かい合い、二人だけで話に入った。

誠也は自分の考えを、ゆっくりと、しっかりと自信をもって淡々と語った。その話を時々首を上下に振りながら聞いていた真治郎は、誠也の話が終ると、じっと彼を見つめて言った。「誠也さんの気持ち、よく分ったですよ。今の世はもう見栄《みえ》を切るより地味で構えた方が世間に似合っているんだから、それでいいんじゃないかな」と、いたって当然といった返事だった。

真治郎は名古屋の大学を出て直ぐに岐阜県の農業共済組合本部に就職、その後出世街道を歩いてきた。それともなく知性派でもあったので、こういうことには意外に革新的なのである。

誠也はとても浮々として弾むような気持ちになり玄関先まで見送りに来た真治郎と淑子、茜に礼を言って帰ろうとしたとき「あっ、そうだ、そうだ。ちょっと待ってて下さい」と言って、外に駐車してあった自分の車のところに走って行って、何かを手に抱えて持ってきた。緑のふさふさとした葉っぱを束ねたようなものである。「これ、裏山に湧き出す伏流水で育った芹《せり》と水菜です。新鮮なのでサラダやお浸しでどうぞ」と言って、それを茜に手渡して帰って行った。

その足で高山市に住まいのある谷口久一郎宅に向った。あらかじめ会うことの予約を入れていたので、久一郎は機嫌よく待っていた。応接室に通され、そこで誠也は「此の度は良縁をいただき、また仲人の大役まで執って下さり、誠にありがとうございます」と丁寧に挨拶。久一郎は何はさておきといった調子で「茜さんとは逢ってんのかい?」と聞いてきた。

「ええ、お陰様で。実はつい先程まで田中さんの家に居りました」。

「おお、それはそれは。大変結構なことだね。ところで今日の打合せは何かな」と、いきなり核心に入ってきた。

誠也は、つい先程田中真治郎に話した通りのことを、順序立てて久一郎に話す。すると、それを聞きながら久一郎の顔はだんだんと真剣になり、そのうちに厳しくなり、そして誠也の話が終るころには、下をじっと見つめて考え込んでしまった。

しばらくして、「で、誠一郎さんと田中君の考えはどうなんだい?」と久一郎。

「ええ、当の本人がそうしたいというのなら仕方ないだろうと言ってます」と誠也。

二人の間に会話は少し途絶えたが、久一郎再び開口、「こういう問題はだね、これまでの慣習というのか、仕来りというのかそんなものもあって、今直ぐにここで私がどうこう言う問題ではないな。二、三日時間をくれないかな。今少し君のお父さんや田中君とも話してみるから」。

それでは何分よろしくお願いしますと、誠也は谷口久一郎の家を後にした。

それから二、三日も待つことなく、翌日の夕方、運転手付きの黒塗りの高級車に乗って突然久一郎が二人の連れを伴ってやってきて、「急で申し訳ないが、大事な客に食事を差し上げたいんだ。部屋を都合してくれないか」という。

誠一郎があわてて待合い部屋に走り久一郎の話を聞いてみると、名古屋にある政府関係機関の大切な人なのでどうにかならないか、という。さらに言うには、名古屋の偉い人たちの間にも「右官屋権之丞」の評判が広がっていて、近くに行ったら是非寄ってみたかったと、この二人が言ってきたのだ、という。

誠一郎は直ぐに特別の部屋を用意させ、そこに案内して、料理を堪能してもらった。食事が終って三人で帰る時、久一郎は玄関先で見送る誠一郎を手招きして、小声で言うには「誠也君にね、昨日の件はよくわかった。それで行こうと伝えてくれ」とのことである。

何故こんなに早く久一郎が誠也の考え方に同調したのかについては早くもその翌日に分った。それは誠也が茜に電話してきたときに偶然脇に居た父の真治郎が最後に茜に代って出て、次のような話をしたからだ。

「今朝早く、谷口理事長から電話があって、「式と披露宴は新郎の考え方通りでやろうや」という。そしてね、「いや実は昨夜《ゆうべ》、誠也君と同じ年頃で同居している息子、こいつは結婚していて子供もいるんだけど、その息子にどう思うかと聞いてみたんだよ。そしたらね、父さん、もう時代はずいぶんと変ってきて、これ見ろドンドンみたいな煌《きら》びやかで豪華な披露宴は、世間の笑いものになり始まっているよ、というんだよ。さらにね、そんな見栄を張ることに金をかけるよりも、新郎新婦がその金で例えば海外旅行にでも行った方が、二人の結束は固まるし、夫婦愛も築かれるよ、って言うんだよ。わしもそれを聞いてなるほどなあと思ってね」。

こうして誠也と茜の結婚式並びに披露宴は、関係者のみで行われた。その前には、花嫁道具が田中家から藤丸家に運び込まれたが、これも昔の慣習によく見られる桐の箪笥のような「婚礼道具」とか「婚礼布団」、「着物」、「鏡台」などは無しとし、茜専用の化粧用具や枕のような寝具、着物やドレス、普段着、下着など、料理道具、履物、文房具といった実際の生活に必要なものだけとした。

これは藤丸家及び田中家の姑《しゅうと》となる静代と淑子の二人が話合って決めたもので、二人は古い通例などに拘らないさっぱりとした性格だから、話はとんとんに進んだのである。静代は茜に、箪笥でも和服でも、鏡台でも何でもいいから私のを使いなさいと言ってすでに誠也と茜の住む別宅にそれらを移している。

ここで藤丸家の家族の住居状態を整理しておくと次のようになる。先ず本丸の大きな料亭の一番奥のさらに渡り廊下で結ばれた離れに誠一郎と静代の部屋があり、そこからまた廊下で繋がって少し小さな部屋があり、そこが長女美鈴の一人部屋である。二つの部屋のその中間に廊下から直接開き戸を開けて入れる風呂とお手洗いがある。料亭の建物から少し離れて建っている一軒家が隠居所で、ここには誠也の祖父誠十郎と祖母のヨノが住んでいる。二人はともに八四歳と高齢だがまだ矍鑠《かくしゃく》としていて元気である。その隠居所の更に裏に二階建の新築住宅があり、そこが誠也と茜の新居である。何もかも先を考えて行動している誠一郎が、そのうち誠也が嫁を娶《めと》るだろうと二年前に建てておいた家である。

次男の誠二は、「右官屋権之丞」で働いているがすでに結婚して古川の町内に住んで居り、そこから車で出勤している、嫁は神岡町の薬屋の娘で旧姓吉川、名は美咲《みさき》で、長女咲良《さくら》、次女彩葉《あやは》の二児の父母である。父は吉川真一、母は総子。真一は薬剤師で、美咲を嫁に出して藤丸家と血縁関係になると、しばしば薬剤師の会合などで仲間と「右官屋権之丞」を使っている。美咲は末っ子で、長男の兄は富山市の大手製薬メーカーに勤めている。

誠二と美咲は飛騨地方青年交流会で知り合い、恋愛結婚をした。誠也と茜は、地方での生活を考えるとどちらかといえば結婚がやや遅かったかも知れないが、その分二人は世間をよく知っており、ぐっと大人の雰囲気の夫婦《めおと》となった。そのため、巷《ちまた》でよくありがちな若い既婚者間のいがみ合いや喧嘩、いざこざなどはまったくなく、とにかく仲が良くて、心から愛し合い、しっかりした家庭をつくり上げていったのである。そのうちに第一七代目候補の誠士《まさし》も誕生。いよいよもって「右官屋権之丞」は順風満帆の船出を迎える。

一三、春来たる

「右官屋権之丞」の裏山に春の兆しがやってきた。まだ少し凍てる土手や畦道《あぜみち》にひょっこりと顔を出す蕗のとうは寒さに強い多年生植物である。日本特産のもので、冷床から出たものを摘《つ》んできて、蕗のとうの味噌汁や吸い物などにする。春が来た喜びを味と香りで確かめさせてくれる嬉しい春の使者である。昔から「春の味覚は苦味」とされているが、その苦味は爽やかで、淡い黄緑色と健康的な芳香があり、味わうものに微笑を誘う。

「右官屋権之丞」でも、この蕗のとう料理には香りを失わせぬように工夫をしていて、さっと焼いて焼きめを軽くつくり、そのまま刻んで焼き味噌と練り合わせて酒の肴に出す。また、さっと熱湯を通し刻んでから削り立ての鰹節をかけ、軽く醤油で味付けしておひたしにして出している。

その蕗のとうの後を追って出てくるのが芹《せり》である。初春の香味の第一として「右官屋権之丞」では早くも正月のお雑煮から添える早や者で、春の七草の主座にも使っている。

芹は長い根ごとさっと熱湯をくぐらせてから、根から四〜五センチの長さで切り揃えたものに削り立ての鰹節をかけたものが香味第一等である。『万葉集』の中で「芹摘む」といえば「恋する」の意味として歌われているほど昔の人たちにとって芹は待ちこがれていた香菜だ。根ごと食べるのは「右官屋権之丞」流で、とても野趣が味わえて嬉しい。

芹は水分の多いところに自生するから水芹又は田芹というのに対し、野蜀葵《みつば》は三葉とも書き日陰に生えることが多いので畑芹《はたぜり》ともいわれている。「右官屋権之丞」の裏山には所狭しとこれが群生しているので、汁ものの他おひたしにして大皿に盛って出している。それを見て客は大いに喜ぶ。

芹と野蜀葵は鴨肉の味ととてもよく調和するので、誠一郎は春の芹の時期になると「鴨芹」という料理をつくる。これを酒客に出してあげると、皆歓喜する。皮付きの鴨肉の薄切り数枚とざく切りの芹を酒、味醂、醤油でコトコト煮ると、鴨の肉に付いていた黄色い脂肪が溶けてコクをのせ、そこに肉からの濃いうま味、そして芹のシャキリ、シャキリとする歯応えの中から出てくる特有の芳香を持った妙味、それを煮汁の甘じょっぱみが包み込んで、客の頭は真っ白になるほどの美味に迫られるのである。

裏山の土から、独活《うど》が芽を出すときにその芽を包む外皮の赤い紫色は、何ともいえぬ高尚な色彩である。芭蕉がこの色をしげしげと眺め、「雪間より薄紫の芽うど哉」と詠んだ句からは、春到来の喜びが感じられる。特有の野性的芳香を有するから、昔から吸いものや酢のもの、味噌漬けなどに広く賞味されてきた。

その香味を生かした最も美味しい味わい方を知っているのはやはり誠一郎である。彼は毎年、一番独活を見つけると、その場で焚き火をし、火に突っ込んで外皮が黒く焦げたところを見計らって取り出し、皮をむいて熱いうちにふうふうと息を吹きかけながら味噌を少しずつつけて食べるのである。そのような独活のうまい食べ方を知っているので、店に来た客には、「独活の白煮」をつくって出してきた。

せっかくの新鮮な独活を煮るのは何故かというと、独活は生のままで皮をむくと、直ぐに空気と接触し表面から酸化して赤褐色の錆色が出てしまい、見た目も味も音を立ててガクンと落ちてしまうからである。そのため生で食べるときは、酢漬けや酢味噌和えのように空気と直接触れないようにして食べるのである。一度熱をかけると、酸化を促進する物質は消え錆色が来ない。

その白煮は先ず、独活の皮をむき四センチの大きさに切って直ぐに水に晒してアクを抜く。それを熱湯でさっと茹で、再び水にとっておく。出汁に味醂、醤油、砂糖、塩を加えて味を整え、煮立ててそこに水気を拭き取った独活を加えて煮る。独活がやわらかくなったら取り出し、煮汁だけを少し煮詰めてから火を消し、冷ます。そこに独活を戻して、そのまま一日置いて、味を十分染み込ませて出来上りである。

その出来上りの独活の美しいこと。幾分緑色を帯びた淡黄色で、ちょうど湯で煮たホワイトアスパラの色に酷似していて、透明感が神秘的である。それを一本、口に含んで噛むと、アスパラガスのようにペトリとはせずに、少し歯に応えてポクリ、シャリリとし、瞬時に独活特有の快香が鼻孔から抜けてきて、口の中では独活から湧き出てきた微かな甘みとほろ苦味が出汁のうま味や調味料からの淡いうまじょっぱみに染められて秀逸である。

春はほかに薇《ぜんまい》、蕨《わらび》、草蘇鉄《こごみ》、楤芽《たらのめ》、漉油《こしあぶら》、片栗などが裏山をはじめ近隣の山々に息吹くので、「右官屋権之丞」ではそれらを材料にして、持ち味を生かした料理をし、客にその香味をありのまま提供するのであった。それらを採ってくるのは委託している山菜や茸採りを生業《なりわい》としている人たちである。

筍《たけのこ》は晩春から初夏に採れるが、「右官屋権之丞」ではまだ土の中に入っていて落葉の下からほんの少しもっこりと土を押し上げてくる辺りのものを極上として使っている。

巷《ちまた》では筍は先ず茹でることを原則としているが、それは土から掘り起こして日が経ったものだからだ。掘り立てのものは茹でるに及ばず、そのまま生で料理するところに真の風味があり、そこには優しい甘みと軟らかさが宿り、その上エグ味などまったくない、というのが誠一郎の信条である。

そのため彼は、筍の走りの時期になると毎年、最も大切にしている常連客や名士、後ろ盾などを何回かに分けて招待し、「鉄砲焼」を振舞うのである。その料理は、ある意味では最も原始的な調理法で行なうので、味わう者はかつてなかったような風雅な味を満喫でき、感動するのである。

その仕方は、掘り立ての大体長さ一五センチから二〇センチ、胴回り一四から一五センチほどの筍の泥だけを落して梢《こずえ》を切り捨て、その切り口から竹箸を突っ込んで中の節を刳《く》り抜き、そこに刻み唐辛子を少々加えた酒と醬油を注ぎ込み、切口に大根を詰めて堅く栓をし、熱灰の中に埋めて蒸し焼きにする。それを灰から引き上げ、直ぐに皮を剝《む》いて小口切りにし、熱いうちに食べるのである。

それを口に入れて嚙むと、コリリ、シャリリと歯に応え、そこから実に耽美で清新な甘みと上品で優雅なうま味とが湧き出てきて、鼻孔からは美女の肌の温もりのような匂いと未だ未熟な青くささが混ざり合ったような妖しい芳香まで漂ってくるのである。一度この妙味を味わうと、また次の年も、その次の年も食べたくなり何とも筍の虜《とりこ》になってしまうのである。

茹でた筍で料理する場合、「右官屋権之丞」の厨房では、時間と手間を惜しみなくかけて実に丹念に茹で上げ作業をする。ここで下拵えをしっかりしておかないと、アクが出て出来上ったご馳走を不味くするからである。

根株の硬いところを切捨て、梢の先端を斜めにさっと削ぎ落し、そこから縦に浅く包丁を入れて茹でると、どんな料理にも使うことが出来る。鍋にたっぷりの熱湯を立て、そこへひと摑みの米糠を加え、筍は皮付きのまま入れる。このとき「右官屋権之丞」では、筍の質によって米糠の代りに豆腐の殻あるいは米の研ぎ汁を使うなど芸は細かい。また、通常だとそのまま火にかけ続けるのだけれど、ここでは一度ぐらぐらと沸騰したところで火を止め、そのまま一日放置して冷ますのを秘伝としている。

翌日、再び火にかけ、金串が中に通る程度で冷水に放ち、皮の包丁目に指を入れて一気に左右に開くと、大部分の皮が一時に剝ける。先端の梢を相当思い切って削ぎ落としても、衣が厚いから、肉部のある中心には滅多に異状を来たさないのである。

こうして茹で上げた筍は、一般には天麩羅、南蛮揚げ、土佐煮餡《あん》かけ、若竹煮などさまざまな料理に使われるが、「右官屋権之丞」では筍の料理として最も相応《ふさわ》しい「若竹《わかたけ》」と呼んでいる澄し汁と煮染《にし》め、田楽《でんがく》、筍飯《たけのこめし》の四種しかつくらない。この中で一番簡単なようで、しかも非常に繊細さを要求されるのが澄し汁である。筍と若布《わかめ》での清汁でこれを「若竹」と呼んで春季の吸物の第一等とし、味わう者に心和ませる見事な汁である。

筍は茹で立てのを半月形に薄く刻み、若布は水で軟らげて太い筋だけを去り、水を切って適宜に包丁する。昆布と鰹節でとった出汁に塩と酒と少量の醬油とで調味した中へ筍と若布を入れ、煮加減をはからってから椀に盛りつけ、木の芽一葉を添えると、清新の香りが椀中に漲《みなぎ》るのである。

その椀を両手でそっと持って先ず鼻孔に近づけて香りを嗅ぐと、鰹節の食欲を誘う匂いの中に昆布と若布からの潮の香りが起ってくる。その椀に唇を付けて、澄し汁を静かに口に含んで、コピリンコと飲む。口の中には筍からの甲の高い甘みが微かに広がり、そこに鰹節や昆布の奥の深いうま味と調味料の軽快なうまじょっぱみなどが広がって絶妙である。

次に箸で筍を数片とって噛むと、歯に応えてコリリ、コリリとして、そこからはこの時期の筍だけで味わえる、丸く転がるように上品なうま味と優しく耽美な微甘とが口中に広がり、正に味覚極楽の境地に陥ることができるのである。

「煮染め」は茹で上った筍を約五センチぐらいの長さに切って、縦割りにしたものをまた七分ぐらいに切って扇形にし、これを醬油、味醂、酒、砂糖の煮汁とともに光沢《つや》よく煮上げたものである。

「田楽」は、茹で上った筍の柔らかいところを五センチの長さに切り、それを四つ割にし、横串二本差しにしてとろ火の上で焼き、それを火から上げると直ぐに木の芽味噌を刷毛《はけ》で塗りつけ、器に移して葉山椒を添える。

最後に客に出すご飯こそ、料理屋の格式の総括とも位置付ける誠一郎は、「筍飯」

もただならぬ神経を使って炊き上げている。茹でた筍を半月形に刻んで煮汁とともに飯に炊き込むのが一般的であるが、誠一郎流は違っている。筍の持ち味をはっきりと出すために、先ず茹でた筍を半月形に刻み、その筍だけを出汁と酒、醬油、味醂、塩であくまでも淡味にざっと下煮をしておき、一度それを漉《こ》し網で漉して筍と煮汁を分ける。

飯は通常通りよく研いだ米を竈《かまど》の釜に仕掛け、そこに筍の煮汁を加えてから通常の水加減に調整し、さらに酒と塩とで味をととのえ、一度よくかき混ぜてから火にかける。

噴き上って水の引き際に下煮の筍を入れ、手早く搔きならして蓋をし、一～二分して火を止め、十分に蒸らしてからよく混ぜ合わせ、出来上りである。

よく巷では、筍と油揚げを一緒に下煮してつくることがあるが、筍の真味が薄れる、というので誠一郎は決してしない。但し内輪の賄飯《まかないめし》のときには油揚げを使うと一同が喜ぶので、そうさせているのである。

行者《ぎょうじゃ》ニンニクは北海道だけの特産だと思っている人が少なくないが、それは間違いで、北海道以南近畿以北の亜高山地帯の針葉樹林、混合樹林の水湿地に群生するネギ属の多年草である。強いニンニク臭を放つが、軽快な甘みと優しいうま味が持ち味で、その妖怪の如き匂いも野趣ならではの魅力を誘い、人気が高い。生育速度が極めて遅く、食べられるまでには五〜七年もかかるので稀少な山菜とされ、天然ものの市場流通量は少なく、高価で取引きされるのが実状である。

春になって芽が地上に出ると、純粋な緑色の葉を瑞々《みずみず》しく湛え、茎の部分は高尚な赤紫で、その見た目の美しさからは、これが強烈なニンニク臭を放つ曲物《くせもの》なのかと、半ば信じられない人もいるほどである。その行者ニンニクは飛騨の山々にも自生していて、晩春になると「右官屋権之丞」にも山菜採り師たちが持ち込んでくる。

多くの料理屋や家庭では、味噌をつけて生のまま食べたり、ギョウザに入れたり、また汁の実、天麩羅、炒めもの、酢のものなどで賞味されているが、「右官屋権之丞」ではあっさりとしたものではさっと茹でて「おひたし」にしたり酢味噌で和えて「ぬた」にしたりする。

しかし、誠一郎がつくる季節限定の行者ニンニク料理は、ここでしか味わえない独創料理で客の涎を誘っている。それが「行者ニンニクの猪肉巻き」である。とにかく行者ニンニクは、肉に実によく合うので、本場の北海道ではジンギスカン料理に不可欠の材料であることを誠一郎は知っていて、それを参考にしたのである。

例えば五人前をつくるとすれば、行者ニンニクは二五〇グラム、猪の薄切りロース肉三〇枚を用意する。行者ニンニクは赤い薄皮を剝いでから四等分に切り分ける。ロース肉には塩、コショウをし、一枚当りで行者ニンニクを三～四本巻き、片栗粉をまぶす。フライパンに胡麻油を敷き、肉の巻き終りの部分を下にして、中火で肉全体が赤銅色になるまで焼く。

一旦フライパンから肉巻きをとり出して余分な油を拭き取る。そのフライパンに酒と味醂と醬油それぞれ大匙五、おろし生姜と一味唐辛子それぞれ小匙三入れ、肉巻きを中火でとろみが付くまで転がしながら煮からめて出来上りとしている。それを朴《ほお》の若葉を敷いた取り皿に一人当り二～三巻き盛り、客に出している。

その盛り合せが実に美しい。目に滲みるほど鮮やかで瑞々しい緑の朴の若葉の上に、赤銅色に染まった肉巻きがあり、その巻きものの間からは、ちらり、ほらりと行者ニンニクの緑や白が見え隠れする。それを一個箸で摘んで口に入れて嚙むと、先ず猪肉が歯に応えてシコシコとし、次に行者ニンニクがポクリ、シャリリと返ってくる。そしてそこから、猪肉の野生の濃いうま味と、脂肪からの奥深いコクがジュルジュルと出てきて、さらに行者ニンニクからは淡く滑るような甘味がチュルチュルと湧き出してきて、それを唐辛子とおろし生姜からのやさしく小突く程度のピリ辛が調子づけてくれる。それをじっくりと味わいながら、客は行者ニンニクと猪肉がこんなにも相愛する仲なのかと気付き、これはきっと互いが野生で育った間柄同士だからだろうと思うのである。

一四、からいはうまい

第一四代目藤丸権之丞誠十郎の妻ヨノは、嫁の静代に昔から藤丸家に代々伝わる台所仕方を幾つも教えてきた。正月や盆、祭り、結《ゆい》などの年中行事での料理や膳の仕方といったものから、藤丸家に伝わってきた秘伝の調味料や保存食品のつくり方まで、実にさまざまであった。漬物つくりの名人の静代なので、手先の器用さも手伝い、姑《しゅうと》めの教えることはことごとく上手に修得していった。

その伝え事の中に、漬物のお静でさえ、嫁に来るまではまったく知らなかった驚くべき調味料が幾つかあった。静代は驚嘆し、さすが何百年も続く旧家の伝承文化は凄いものだなあと感動したのであった。

その中でも唐辛子と本葵《わさび》と山椒を使ったいわゆる辛もの御三家の調味料には、感奮《かんぷん》興起《こうき》せずにはいられなかった。同時に、ヨノがその前の姑めに教えられ、その前の姑めはその前の前の姑めに教えられ、と代々続いてきた秘伝を、やがて自分も将来この家に入って来る嫁に教えなければならない宿命と感じとったのである。

その驚くべき調味料や料理の仕方について、幾つかを述べることにしよう。先ず唐辛子であるが、これには先ず、料理法の前に栽培法や種子取りについて教えられた。藤丸家に昔から伝わる種子で栽培するのが決まりとなっていて、すでにその種子は静代が嫁に来て直ぐにヨノから手渡されたものである。以後は、栽培の度に毎年静代が種子を取り、保存しておいて次の年に蒔《ま》くのである。

品種は唐辛子としては最も辛さが強い「鷹の爪」で、長さ三〜四センチの長円錐形、外皮は深紅色を呈し、生食でもよく、また乾燥しても長持ちする。栽培の基本は勿論、昔ながらの堆肥土壌を使うことで、ヨノはここを特に強調している。

そもそも唐辛子は、料理の主役ではなく、あくまでそれを引き立てるための脇役である。そのため「辛い味」と「辛い匂い」というこの二つの唐辛子具備条件をいかんなく発揮してくれれば、それで役割は果たせるのであるけれど、「右官屋権之丞」の家伝では、それに「うまい味」を付与する方法が加えられているのである。それは糀の使用である。糀は蒸した米に種糀菌《たねこうじ》を付けて繁殖させたもので、これを米や麦、大豆などに加えて醸すと味噌や醬油、味醂などをつくることができる。

昔からこの地方では、自分の家庭で使う味噌をそれぞれの家でつくるいわゆる「手前味噌」の文化があって、そのため高山市や古川といった古い街には、糀を専門につくり、それを手前味噌用として売る糀屋が古くから発展してきた。そのため糀はいつでも入手可能で、これさえあれば味噌のみならず、濃い醬油の「溜《たまり》」や「しょい味噌」のような嘗《な》め味噌、糀漬け、甘酒などができる。

「右官屋権之丞」に伝わる驚くべき唐辛子調味料は、その糀を使ってつくる深い味わいの発酵調味料である。単独の唐辛子では、ただ辛さを付与するだけなのだが、この発酵唐辛子は、その辛さに甘みとうま味と特有の発酵香を付ける優れものなのである。

そのつくり方は、収穫した唐辛子を二、三日天日乾燥してから種子もろともぶつ切りし、仕込み樽に入れ、そこに糀と塩を加え、少量の酒と醬油を加えてから軽く押し蓋をして半年間発酵させ、そのままにしてまた半年間熟成させるのである。

漬け込んだときは、唐辛子の赤と糀の白とが混じり合っていたが、一年過ぎて見ると、唐辛子は濃い赤銅色、下に溜まっている発酵液は濃い黒褐色でドロドロとしている。それを嘗めてみると、唐辛子特有の刺すようなピリ辛は全くなく、角のとれたおだやかな辛みの中に糀から来た甘み、発酵によって主として乳酸菌の活躍でできた酸味などが口中に広がって、まったく違う唐辛子の食味を感じることができるのである。「右官屋権之丞」では、この発酵唐辛子を鍋料理のつけダレの薬味に入れたり、温かい饂飩《うどん》や蕎麦、雑炊《ぞうすい》などの薬味に使ったり、さまざまな料理の隠し味に使って好評を得ている。

この発酵唐辛子を姑めのヨノから教えられた静代は、そのうちに周りの人たちをあっと言わせる驚くべき発明をした。それは「発酵唐辛子豆腐」という珍味で、さすがに漬物お静ならではの発想であった。

その食べもののつくり方は、先ず木綿豆腐を幾つも用意し、それを特注してつくった底に幾つもの小穴の空いている豆腐脱水箱に平面にびっしりと並べて入れる。その豆腐の上を木綿布で被い、その上に漬物用分銅型重石を乗せて一夜置く。すると重石は豆腐に重みをかけるので水を押し出し、翌日はしっかりとした硬めの豆腐になる。それを三センチ四方の方寸切りにしてから、発酵唐辛子の中に一〇日ほど漬け込んでおくのである。すると今度は、豆腐が発酵唐辛子の辛みとうま味と甘みを吸って柔らかくなり、鼈甲《べっこう》色に仕上がる。

発明者の静代は夫の誠一郎と考えた末、この発酵豆腐になかなか粋で味のある「南《なん》蛮《ばん》お壁《かべ》」という名前を付けた。「南蛮」とは唐辛子、「お壁」とは豆腐の異名である。

その「南蛮お壁」は、実にさまざまな使い方で客を喜ばすことになった。先ず「南蛮お壁の海苔《のり》散らし」は、鼈甲色の「南蛮お壁」二片を白磁の小皿に盛り、その上から細く千切りした海苔を散らすのである。客はそれを箸でほんの少し取って口に入れて食べると、お壁は溶けるチーズのように口の中でトロトロと滑《なめ》り、そこから押しのあるコクとうま味がじゅんわりと出てきて、それを風格のある南蛮の辛みがじっとりと包み込み、さらにそこに海苔の風味も加わって酒の肴にぴったりなのである。

また、山芋《やまいも》の皮をむき、輪切りにした切口全面にペースト状にした「南蛮お壁」を塗り、オーブンで焼き目がつくまで焼いた「南蛮お壁の山芋焼き」も、実に美味しいというのでたちまち人気の料理になった。

それをパクリと口に入れて食べると、先ず「南蛮お壁」の焦げた香ばしい香りが鼻孔から抜けてきて、口の中では噛むとトロリ、ペトリとお壁が溶けて、そこから濃厚なうま味と熟れて丸みのある辛味が湧き出てきて、次に長芋が歯に応えてホクリ、トロリ、ヌラリとして、そこから微かな甘みが滑るようにトロトロと出てくるのである。

「南蛮お壁の田楽」も人気が高い。豆腐を竹串に刺してからペースト状にした「南蛮お壁」を塗り、それを炭火でこんがりと焼き上げたものである。通常の豆腐と発酵唐辛子豆腐の二種の豆腐が口の中で会うと、それまでとは全く違った豆腐の香ばしさとうま味、コクなどが口中に広まり、それを円熟を帯びた唐辛子の辛味が包み込んで絶妙である。

客がよく最後の〆《しめ》に注文するのに「南蛮お壁の焼きおにぎり」がある。おにぎりにペースト状にした「南蛮お壁」を塗り、これをこんがりと焼き上げたものであるが、これは快よい辛みとうま味とコクとが飯の甘みととてもよく合い、その上香ばしい香りが鼻孔から抜けてきて一度食べると病み付きになってしまう。

これらの料理のほかにイカ刺しや鮪《まぐろ》のぶつ切りの刺身にペースト状にした「南蛮お壁」を混ぜて和えたものも酒客に喜ばれ、大いに嗜《たしな》まれた。

本葵《わさび》は日本原産の香辛料で、山地の渓流や湿地で自生し、根茎や葉は食用になり、その特有の刺激性香味は日本人を魅了してやまない。生長に著しく年月を必要とするので稀少価値としての効果は否めないが、実は北アルプスから流れ来る伏流水は、藤丸家の所有する敷地内で地上に湧出し、小さくも冷涼な小川をつくり出している。そしてその清流の辺《ほとり》には天然の本葵がどこそこと自生し、昔から藤丸家はそれを大切に育てながら利用してきたのだ。

そのため「右官屋権之丞」では、天然本葵を使った自然漲《みなぎ》る料理を堪能することができるのである。例えば最もシンプルな酒肴は、本葵をおろし、それに辛味の強い鼠大根をおろして和え、揉《もみ》海苔を撒らした「本葵の大根和え」だ。醬油をチョンと少量かけただけで酒客は涙を流して喜ぶほどの肴となる。

また茎を刻んで出汁と生醬油を合わせたものに漬け込んだ「茎の醬油漬け」も飯のおかずや茶漬けに人気だ。葉と茎を細かく切り、一旦塩漬けにしてから改めて粕漬けにした「本葵漬け」は、辛然な美味として、これまた酒客に賞用されている。

「岩魚《いわな》の本葵糀包み」は、「右官屋権之丞」の本葵料理の中ではひときわ光彩を放っている一品である。

先ず裏山からとってきた本葵をおろすのだけれど、おろし方には拘《こだわ》りがある。決して金属製のおろし金は使わず、鮫《さめ》皮を板に張った鮫皮おろし板を使い、裏山で大体三年ものの本葵を選んできて表面の汚れを削り取り、葉に近い頭の方から「の」の字を描くように、粘りを出しながら擂りおろしていくのである。こうしておろした本葵に糀と塩を混ぜて「本葵糀」をつくっておく。

　寄生虫対策のため一旦冷凍してから解凍した天然岩魚は三枚におろし、皮を引き、骨を抜いた冊《さく》身に淡塩を当て、木綿布で軽く一重《ひとえ》に包む。次に乾いた布巾で綺麗に拭いた板昆布の上に「本葵糀」を敷きつめ、その上に布に包んだ岩魚をのせ、さらにその上に「本葵糀」を敷き、その上に板昆布を被せ、軽く全体を蛸糸《たこいと》で縛り、それを一夜冷蔵庫の中で寝かせて出来上りとなる。

　翌日、この岩魚の身を刺身に造り、客に出すのであるが、この手の込んだ料理は、誠にもって絶品である。美しく輝く岩魚の身に新鮮な本葵の香りと辛味が移り、さらに糀からの優しい甘みも加わって、口に入れて噛むと岩魚の身がコリリ、プリリと歯に応え、耽美なうま味もピュルピュルと湧き出してくる。醬油は一切使わず、振っておいた淡塩だけで岩魚のうま味と甘みが引き出せるのである。

　さらにこの料理のすばらしいことは、上下から板昆布で挟んだ「本葵糀」を活用できることである。昆布のうま味を吸い取っているので、それで今度はさまざまな肉や魚、野菜を漬けると、皆が喜ぶ「塩糀漬け」となるので漬物お静が北叟笑《ほくそえ》んで「静香庵」に持って行って使うのである。

山椒は別名を「香り葉」ともいい、また英名では日本原産の香気植物であるので「ジャパニーズ・ペッパー」ともいう。すでに奈良時代には、今日のように煮物や漬物に山椒の葉や実を使って香辛料にしていたし、日持ちを長くさせるための知恵まで発揮していたというから驚きだ。

山椒は葉のみならず花、実まで香りを持つので、葉は和えものや吸い口、酢のものに、花は焼きものや煮物のあしらいに、実は乾燥してから粉末にして、蒲焼きや吸いものにパラパラと撒くと、よくぞ日本に生まれけり、といった嬉しさがこみあげてくる。

また「右官屋権之丞」の厨房で使っている擂りこぎ棒は、山椒の木でつくったものである。堅いうえに、幹に凹凸があるから握りやすく、そして何といっても擂り鉢でこするとき、普通の木では漂わないような香気が微かに発するところが妙だ。

さて、その山椒は藤丸家の裏山にいくらでも群生している。春になると先ず若芽や若葉を摘んできて、「木の芽味噌」をつくる。芽を擂りつぶし、これに白味噌を入れて擂り混ぜながら、砂糖、酒、味醂、出汁、卵黄を加えてさらによく擂り混ぜて出来上る。緑が目に冴えて美しく、香りが清々しく、豆腐や蒟蒻《こんにゃく》などに塗って「木の芽田楽」にして喜ばれる。さらにイカやタコ、筍などと共に和えた「木の芽和え」も客に春を満喫してもらうには甚だよろしい料理である。

実《み》は六月下旬から七月上旬に漿果《しょうか》のまだ青いうちに採収して、内蔵する種子を抜き去ってから、沸騰後冷ました塩水に一夜漬けておき、それを引き揚げ、水を切ってから実一升に対して塩三合を加えて壺に漬け込み、料理の香辛料として使っている。「粉山椒」は成実した実をじっくりと天日乾燥させてそれを極限まで擂り、粉末化したものである。この粉を味噌にすり混ぜて「山椒味噌」にしたり、唐辛子の粉末と胡麻塩と混ぜて「二色山椒《ふたいろ》」にする。

「煮山椒」は、成熟した実を湯で煮てアクを抜き、醬油と味醂で煮上げて佃煮風にしたもので、〆《しめ》の茶漬けに愛好される。「右官屋権之丞」の山椒料理の中で異彩を放っているのが「辛皮《からかわ》」という江戸料理である。恐らくこの古典料理を今つくっている処は全国的に見ても先ず皆無と言ってよいだろう。それは、「右官屋権之丞」のように、直ぐ裏山に行けば、山椒の木がいくらでもあるといった環境でないとつくれないからである。

そのつくり方は、山椒の若い樹の枝を切り取ってきて水に浸け、アクが抜けて皮が剝《は》がれかかった時に引き上げ、皮を剝ぎ、細かく刻んでから醤油で煮詰めて出来上りである。樹皮を食べているという感覚など全くなく、ふわふわとやわらかく、特有の上品な辛味の中に微香が漂い、前菜にしたり茶漬けの友として食通の客の間で珍重されている幻の食べものである。

一五、客よ、いつまでも

「右官屋権之丞」の常連客は、どちらかというと経済的に潤い、社会的な地位も高く、年齢は中高齢者が多い。そのため主人の誠一郎は、客としてというよりは友として、時々他の多くの客には内緒で特別な客だけをおもてなしすることがある。それは、大切な客ゆえにいつまでも元気で現役続行、漲《みなぎ》る体力でがんばって欲しいという遊び心から、精力料理を提供して、お褒《ほ》めに与《あずか》っているのである。まあ、主人と客との笑い事のようなものであるが、そのようなことがむしろぐっと「右官屋権之丞」を愛好することに繋がるのである。

最もよく出されるのが「蝮酒《まむしざけ》」で、この蛇には強壮強精力が宿るといわれている。蝮には黒褐色を帯びた一般的な蝮と、赤みを帯びた赤蝮とがいるが、どちらも客は有難く呑むのである。

客たちが、どうして蝮酒は効くのかなあ、などと談笑していると、京都から来た常連客の中の知識の広い大学の先生が、「それは古代の生殖器崇拝の名残《なごり》で、蛇の頭部は昔から男性の生殖器の象徴となってきたからである。だから日本でも、蛇は女神の弁財天の使いとされてきて、よく弁天様の絵の膝もとに蛇の絵が描いてあるのだ」などと蘊蓄を傾けるのであった。

蝮は「右官屋権之丞」の裏山や水田の近くにかなりいて、時々鶏小屋に潜んでいるのを誠二が見つけて捕え、焼酎に入れ、蝮酒に仕立てることもしばしばある。焼酎の高いアルコールは、蝮の体内成分を溶出させ、それを長期間置いておくために独特の匂いと味を付与する。客はそれを鼻と口で受け止めて、「効くなあ」などと思いを託するのである。

「蠑螈《いもり》酒」も誠一郎が時々上客の招待席に持ち込む強精強壮酒である。蠑螈は池や沼などにすむ両生類で、背は黒茶色だが腹は真赤な地肌に黒い斑《まだら》模様が毒々しく付いていて、とても不気味な生き物である。それが一升瓶の焼酎の中に四~五匹もゆらゆらと漂っている姿を見ると、何となく奇怪で、しかし、そこから「これは絶対効くなあ」という、一種の願望を込めた観測もあったりして、上客はその異様な匂いを持った焼酎を、目を瞑《つぶ》って呑むのである。

「右官屋権之丞」では冬になると雉料理《きじ》が多く出される。その流れから上客には「雉酒」も通例として提供しているのであるけれど、誠一郎はこの酒も精力酒と位置付けていた。それは、読書好きで探求心の旺盛な彼が、ずっと前のことであるが、用事があって高山市に行ったときのことである。少し時間があるというので、時々立寄る「煥章館《かんしょうかん》」内にある市立図書館に行って雉に関する本を読んでいると、そこに雉酒のことが述べられていた。江戸の文献として解説されていたもので、その箇所に「雉の肉酒中温めて飲めば気たちどころに廻り、精根茎に宿るべし」とある。そしてこのことについての叙説《じょせつ》として「雉酒は多くの公家や上級武士の間で嗜《たしな》まれていた。しかし、もっと上の将軍ともなると雉ではすまされなくなり、鶴酒が精力付けに飲まれたということである。中でも第九代将軍徳川家重は、この酒をことのほか愛好し、官能の悦びに咽《むせ》ったと伝えられている」とあった。誠一郎はそれ以来、この記述のことを上客に披露してから差し上げている。

木天蓼《またたび》は山間林地に生え、夏に白い花を開く落葉低木である。猫が狂ったように好む不思議な植物で、アクチニジンという猫限定の覚醒素がそうさせるのだそうだ。御多分に漏れず「右官屋権之丞」の裏山にもこの木は沢山繁っているが、実を食用として使うことはほとんどなく、昔は「木天蓼《もくてんりょう》」と呼ぶ漢方薬に使ったということが文献に載っているぐらいである。ところが近年になってこの実にはマタタビラクトン・アクチニジンという強壮成分が宿っていることがわかり、以後は実を酒に漬けた「木天蓼酒」をつくる人も出てきたのである。当然誠一郎もこの実を三五度の焼酎に漬けて、前述した「蝮酒」や「蠑螈酒」、「雉酒」と共に上客に提供していたのであった。

誠一郎の「友よいつまでも」のおもてなし料理の中で最も圧巻なのは、「八ツ目鰻味噌鍋」である。飛驒の川々は清流が多く、また白砂の溜り場も所々にあって、そのようなところには鰻とは別種の魚である八ツ目鰻が棲息している、鰻よりずっと小さいが、形は大変よく似ているのでこのような名が付けられたのだが、目は八つあるのではなく、左右二対で、あとの目のように見えるのは呼吸のための鰓孔である。

この生きものは昔から、滋養強壮や強精を宿す生きものとして、多くの好事家《こうずか》から珍重されてきた。蒲焼きや、時には黒焼きにして食べ、その効果を秘かに期待する輩《やから》も少なくなかった。

誠一郎は、川魚漁師や川魚問屋にまとまって捕れたら持ってきてもらうよう頼んでいるので、春から秋までの間に、三～四回は八ツ目鰻が入ってくる。ちょうど運よく特別の客や上客が何人かでやって来ると、「八ツ目鰻味噌鍋」が裏メニューとしてサプライズ的に加わることになる。

その料理は、客が度肝を抜かれるほど壮絶なもので、誠一郎が鍋を座敷に運び込んでくるところから始められる。先ず洗面器ほどの大きな土鍋の中に五〇尾ほどの八ツ目鰻を頭から尾までぶつ切りにして入れておく。ところがそれが、血もろとも入っているので、最初はなんだかよくわからない。しかし、血液でトッポン、トッポンと揺らぐ鍋の中をよく見ると、真っ赤な血の中に頭や胴体、尾などがゴロゴロと入っていて凄まじい光景である。客はそれを見て仰天するが、すかさず誠一郎の八ツ目鰻の強精力の凄さや、立ちどころに効くという講釈に、一同我に返り、頭の中はとたんに不気味さから効能への期待に切り変っていくのである。それにしても「立ちどころに効く」という表現は、何やら意味ありげにや思える。

そして、炭火がこんこんと熾《おこ》っている火鉢の五徳《ごとく》の上にその土鍋を置き、その上に斜《はす》切りの葱《ねぎ》を山のように被せてからグツグツと煮るのである。全体が沸騰してくる間には、八ツ目鰻の身や血から大量の灰汁《あく》がどんどん出てきて、粘調性のある浮遊物の帯のような状態になるが、鍋奉行の誠一郎はそこにも効く成分が宿っているのだとして決して除去しない。

こうして八ツ目鰻の身も葱もすっかりと煮えると、鮮血の赤もまったく消えて、何の怪しさもなくなり、ただ薄褐色に濁った汁の中に八ツ目の切り身と葱が漂っている状態となった。それを見計らって、塩梅《あんばい》を見ながら味噌を溶かし入れ、もうひと煮立てさせてから客に勧《すす》めるのであった。

ややドロドロとした感じのある八ツ目鰻汁を椀に盛ってよく見ると、汁の中には八ツ目の頭や胴体、尾などがゴロゴロと入っていて、その周りをしんなりとした葱が取り囲んでいる。通常の味噌味の鍋に比べるとかなり異様な感じは否めない。皮付きの八ツ目の色は全体に灰黒色で、皮のあちこちが小さくめくれ上がっていたりして、手元に近づけると再び不気味さがぐっと近くに甦《よみが》えるのである。

多くの客は、初めて食べるこの鍋料理に、大袈裟に言えばそれとなく度胸を掛けるような気持ちで、あるいは目を瞑《つむ》りながら運を天に委せる思いで先ずは汁を啜《すす》るのである。

汁が口の中に入った瞬間、八ツ目の泥臭みと生臭み、葱の匂い、そして味噌の発酵香が混じり合って鼻孔から抜けてくる。この八ツ目からの臭みに敏感な客は、もうそこで椀を置き、薔薇色の思いは一瞬のうちに奈落に沈む。

一方、その臭いに耐える客、あるいは一向に気にしない客は、そのままズルズルズルと八ツ目と葱を啜って口の中に入れてムシャムシャと噛むのである。すると、八ツ目の身は柔らかく、歯に当ってペトロ、トロロと滑るような感覚が応えてきて、さらに噛むと肉身はペトリ、フワワ、軟骨状の骨はコリリ、コリリとして、歯に潰されていくのでる。そしてそこから、八ツ目鰻の持つ本来の濃いうま味とコクとがジュルジュルと湧き出してくる。

一方、葱はシャリリ、ヌリリと歯に応え、そこから微かな甘みがチュルルと出てきて、それらの全体のうま味や甘みを味噌のうまじょっぱ味が包み込んで、客はこの野趣満点の無頼汁を満喫することができるのである。

こうして上客は、その癖のある八ツ目汁を椀一杯平らげ、中には二杯めを所望してこれまた平らげ、「俺は食ったぞ！」と見栄を切り、そしてワオーッ！と雄叫びを上げるのである。

一六、若女将の才覚

「右官屋権之丞」の開店時から店の帳場や客の接待を任されていた誠一郎の長女美鈴は二六歳で嫁に出た。相手は、店の常連客としてやって来る老舗材木問屋「室井製材工業」社長室井陽一郎の次男陽二である。名古屋に在る教育大学を卒業後、地元岐阜県の中学校の教諭となって赴任、五年目の二七歳の先生である。似合いの夫婦誕生だと周りに祝福され、盛大な結婚式を挙げた。陽二は今は中津市の中学校の教諭として教鞭を執っているので、二人はその学校の教員住宅に住んでいる。

美鈴の後任は、誠也のもとに嫁いできた茜である。昼は藤丸家の家事雑用をこなし、夕方からは帳場に立ったり、客の案内をしたりと忙しい。初めはそのようなことに慣れていなかったので、少しの戸惑いもあったのだけれど、とにかく茜はしっかり者で物事をよく判断し、てきぱきと処理していく能力を備えていたので、料理屋の切り盛りの仕事はそのうちに板に付くほどになっていった。

ある時、静代が「店の仕事、大丈夫かね？　無理せんといていいわね」と労《ねぎら》いの言葉をかけると、茜から逞しい答えが返ってきて姑《しゅうと》めが讃嘆《さんたん》することもあった。「お義《か》母《あ》さん、大丈夫ですよ。帳場に立ったり、お客さんを出迎えたりすることは、いつも清々しい気持ちになって大好きなんです。ここへ嫁に来て感じたことなんですが、私にはこの仕事が向いているというのか、毎日がとても楽しいのです。それに誠也さんが励ましてくれるものですから、余計にがんばれるのです。どうぞこれからもこの茜におまかせ下さい」。

しばらくして茜は誠也の子を身籠るのであるけれど、それでも毎日帳場に座り、また客を送り迎えしていた。高山市での花嫁修業のときに通った着物教室で覚えたことも役立って、今や独りで着物を着ることもできるようになり、また小原流生花教室での教えを生かして、毎日のように玄関や客間に裏庭から花を摘んできて生けていた。そんなことを見るにつけ、茜はこの「右官屋権之丞」に来るべくして来た宿命的な女性に思えてならない。

こんなこともあった。茜はある時、客の予約の取り違えによって、思わぬ失敗をしてしまったのだが――。

その日は山も里も川も豊饒の秋真っ只中。茸や野鳥、猪、落鮎、鯎《うぐい》、里芋、栗などの食材が豊富に食卓に載るので、連日満席の予約が入っていた。その中に、視察のために名古屋から飛驒に来ている中部地方電力公団理事一行四人の予約が午前十時頃に入った。茜は大切な客であると判断して、二階奥の「左馬《ひだりうま》」の間を用意すべく予約帳に記載したのであった。

この部屋は、店が満席となっても一般の客には開放しない特別室で、万一この日のようなことがあった時のために確保している奥座敷である。「左馬」という名は、飛驒の目出度い縁起に由来して付けられたものである。

ところが、その「左馬」にも客を入れ、もうまったく客が入れる余地がないところへ、午後三時頃に別の予約が入ってきた。予約してきたのは公益財団飛驒地区電気利用懇話会四人であった。そこで茜は、てっきりすでに予約の入った公団理事一行と同席の人たちだろうと早合点し、一二人定員の「左馬」の間の四人を八人に直して、そのままにしておいた。

さて当日、夕刻、先ず公団理事一行四人がやって来たので、「左馬」に案内し、茶菓など出して、後で来る懇話会四人を待った。するとほどなくしてやって来たので、茜はニコニコしながら「左馬」に案内し、公団側に「お連様《つれさま》四名様がいらっしゃいました」と双手を着いて座礼した。

それに驚いたのは双方で、先ず公団側の四人がびっくりして懇話会側の四人を見る。一方懇話会側の四人も目を白黒させて公団側の四人を見る。全員が何が何だか判らなくなり、おどおどしている。

すると公団側の理事の一人が、「ああ、先程の会合にご参加されました方々ですね。どうもご苦労様でした」と話す。実は懇話会の四人は、偉い理事たちが名古屋から視察に来たので、地元の幾つかの関連団体が集まって意見交換会を持つということになり、それに出席していた四人なのであった。そのお疲れ様会の意味で予約を入れてきたのである。

一方公団側は、かねがね「右官屋権之丞」の評判を耳にしていたので、近くに行ったら是非寄ってみようじゃないか、とかねがね思っていて、今回の視察でやっと念願叶ってやって来たという次第なのだ。

あわてたのは若女将の茜であった。初めは何が何だか理解できなかったが、勘のいい茜は直ぐに自分の非だと気付いた。そして直ぐさま「これは大変失礼致しました。私どもの粗相でございました。何とぞお許し下さい。さっ、さっ、どうぞ懇話会の皆様、別の部屋へ御案内いたしますので」と言って、四人を手早く誘導した。

ところがこの日はもう空き部屋は無い。ひとまず茜は四人を、玄関上って直ぐ右側にある待合いの間に案内した。茜は「ここで少々お待ち下さい。ほどなくご案内いたしますから」と言って、そこから急いで離れた。そしてそれからが凄かった。走ってお手伝いの女性のところへ行くと、何やら小声で耳打ち。女性は急いでどこかへ走っていく。茜は直ぐに「左馬」の間に酒肴を出すよう指示、同じく待合いの間には係りの女性に言いつけ、「食前酒です」と、時々来る外国からのお客のためにストックしているシャンパンと生ハムを出させた。

こうして一五分も過ぎた頃に、茜は四人を案内して一旦玄関を出、歩いて二分もかからぬ自宅に案内させたのである。その家は誠也と二人で住んでいる住居《すまい》で、庭に突き出た一階のベランダはガラス戸に囲まれ、一見ログハウス的な景観になっている。そのベランダの中央にやや横長のテーブルと四脚の椅子が置いてあり、四人はそこに通されたのであった。先程、急いで走って行ったお手伝いの女性は、茜の指示により食事ができるように片付けをしてから、テーブルクロスを掛けておいたのである。そして四人が腰を掛けると、ほどなく酒や肴が運び込まれた。

その日はこうして一日が暮れた。電力公団理事一行は「右宮屋権之丞」の料理に大いに満足して、また来るよと言って上機嫌で帰った。一方懇話会一行も、同じく大満足して帰って行った。それもその筈で、その日の飲食代は若女将の奢《おご》りということになり、一切支払うことがなかったからである。

その時の経緯《いきさつ》はこうだ。四人は帰る段になって支払いをしようとすると茜が言った。

「お客様、今日は私からのサービスですからお代は頂きません。今度またおいで下さったときにはしっかりと頂きますからね。どうぞ気兼ねはなさらないようにまた来て下さい」。

「いやいや、そ、それは困る。只で食ったと後で噂が立てば、俺たちの顔が立たなくなる。何があっても是非支払っていく」。

「いえ、皆さんは店で食事されたのではなく、私の家に招かれて食事したのですから、頂けません。接待されて、お金を払って帰る客人などどこにも居りませんわ」。

こうして客はしぶしぶ了解し、しっかりと礼を言って帰って行った。そんなこともあってかその後この四人は、しばしば「右官屋権之丞」に予約を入れてきて、そのうちに常連客の座を占めるほどの上客となった。

また、茜をめぐってはこんなこともあった。「右官屋権之丞」が在る宮寺《ぐうじ》地区に、熱心な篤農家がいて、堆肥を一生懸命つくり、それを水田に施すいわゆる施肥《せひ》水田で米をつくり、その米を天日干しするなど、昔のままの稲作をしていた。その米はとても美味しいという評判でなかなか手に入らない。ところが誠一郎はその農家の主人と日頃付き合いがあったので、新米を収穫すると特別に毎年一俵だけ分けてもらっていた。

一俵は六〇キログラムで、一合は約一五〇グラムであるから、客一人が一合食べたとすると、約四〇〇人分に相当する。その他の新米も、地元で評判の高い別の農家から買っているが、その篤農家の新米に誠一郎は特別に「極上無限」と名付けて昔ながらの竈《かまど》でご飯を炊かせている。

その「極上無限」の真っ白い新米の炊き立てを、静代の漬けた秀逸な漬ものだけで食べるのが、この時期の客の楽しみであった。そして、その日も客に「極上無限」が振る舞われたのである。客たちは宴《うたげ》の締《しめ》で、そのご飯と静代の漬けた沢庵《たくあん》の古漬けの美味しさに感激し、満足して帰って行くのであった。

ところが翌朝になって、「右官屋権之丞」ではかつて経験しなかったような事件が明るみに出た。厨房の手違いから、昨夜客に出したのは「極上無限」のご飯ではなく、別の農家から買った新米であることがわかったのである。発覚の経緯《いきさつ》はこうだ。

新米専用の米櫃《こめびつ》の中には、釜で炊く一日の米の量があらかじめ計量されて木綿布の袋に幾つも分けて入れてあり、使う月日まで書いた紙が貼られていた。それにも拘《かか》わらず、前の日の袋が残ったままで、つまり使われていなかったのである。調べてみると、隣に置いてある別の米櫃から厨房員の柴山真一がうっかり袋を取り出し、それを釜に入れて炊いてしまったことがわかったのである。そのことを柴山は、素直に認めた。

これは大変なことになったと、厨房長役の誠也は直ぐに誠一郎に事の次第を報告し、直ちに誠二、畑野修平、近藤英輔、柴山真一、茜のスタッフ全員が厨房に集められた。そして開口一番、誠一郎は「問題が起ってしまったからにはそれはもう事実として受け止めるしかない。問題はこれを、どう収めていくかに尽きる。勿論、柴山君を咎《とが》めることなど私はしない。誰にも間違いということがあるんだし、こういう失敗を教訓に、またがんばればよいのだから。そこで誠也、どうする？」と訊ねた。

「このまま黙っていても、どの新米も美味しくて、そう違いはないので客が気付くものじゃない。しかし、そんな隠しごとをしていると、いつまでも心の中に蟠《わだかま》りや後ろめたさが残ってすっきりしないね」。

「畑野さんはどう思う？」。

「ええ、このままにしてても、新米は新米ですから、いいんじゃないかと」。

「誠二はどうだ？」。

「まあ、皆んなの意見に従うしかないなあ」。

「近藤君の考えは？」。

「畑野先輩の考えに近いです」。

「では茜、あなたならどうしたらいいと思う？」。

「はい。昨夜のお客様には極上無限という特別の新米だとお座敷で言ってありますので正直なことを話して、お詫びするべきかと思います。予約表にはお客様の連絡先は全て残してありますから。幸いどのお客様も何度もお越しいただいているお得意様ばかりなので、事情を説明すればきっと許して下さると思います。もしここに居る皆さんが後のことは私にまかせると言って下されば、そのようにさせていただきますが、どうでしょうか？」。

それで話は決った。その問題の日、「極上無限」と違う新米を食べた客は、富山市の製薬会社の役員三人、高山市の歯科医師三人、岐阜市の医師家族四人、飛騨市の大内様、竹野様、新城様の友人仲間三人、郡上八幡市の福森様、井上様の二人の合計一五人であった。いずれも常連客ばかりで、飛騨市の三人は囲碁仲間、郡上八幡の二人はゴルフ仲間である。

早速茜は次の日、朝早く車で富山市の製薬会社に向った。近くの飛騨清見《きよみ》インターから高速道路に乗り、東海北陸自動車道と北陸自動車道を経由して一時間四〇分で富山市に着いた。あらかじめ製薬会社の秘書室には面会の約束を取っておいたので、会社に着くと三人が応接室で待っていた。

「右官屋権之丞」の若女将がわざわざ挨拶に来るというので一体何事かと内心思っていたが、茜から訪問の目的と丁寧な詫びの弁を聞くと三人は大変に恐縮した。そして、茜が真新しい布袋に分包して持参した「極上無限」の新米一人当り三合の土産を一人一人に手渡すと、三人とも返す言葉もないほど痛み入る様子であった。用件を済すと直ぐに富山市から引き返し、店に戻って夕方からの客を迎えた。

翌日も同じように一人三合の「極上無限」を持って東海北陸自動車道を通って今度は岐阜市に行き、開業医の家を訪ねた。そこで対応してくれた医師の妻に丁寧にお詫びを言ってから四包の新米を渡した。婦人は目を丸くして驚くとともに、えらく恐縮至極の体であった。

岐阜市を出て再び東海北陸自動車道で今度は店に戻る途中に在る郡上八幡インターチェンジで下り、福森様を訪ねて行くと、ちょうど在宅だったので同じようにお詫びと土産の新米を渡し、井上様にもよろしくと言って土産を託した。

郡上八幡から高山までは再び高速道路で一時間弱で着いたので、市内の小笠原歯科医院を訪ねた。小笠原先生は往診中だというので、事務職員の女性に訪ねてきた理由《わけ》とお詫びを伝えて欲しい、他の先生二名にも同様によろしく伝えて欲しいと言って、土産の「極上無限」三袋を手渡した。こうして店に戻ったのは午後三時で、夕方からの仕事には悠々間に合った。

翌日は地元の大内様宅を訪れた。立派な屋敷で、幸いにも本人が在宅だったので、お詫びを言い、土産を渡し、竹野様と新城様へもくれぐれもよろしくお伝え下さいと言って土産を託し、店に戻って来た。こうして三日間の間に、茜は見事にこの問題に終止符を打ち、また自分の若女将としての仕事にも支障を来たすことなく事を収めた。茜こそ「極上無限の若女将」である。

一七、土籠《つちごも》りの泥鰌《どじょう》

「右宮屋権之丞」では、泥鰌を夏と冬の名物料理として饗応し、客の舌を躍らせている。実は通人なら誰もが知っている通り、泥鰌の旬は真夏である。その時期は産卵期に入っているので丸々と太り、脂肪ものっていて雌は腹にたっぷりの卵巣を抱えているから美味しい。

一方、冬になると泥鰌は川や池の下に溜まっている泥《どろ》の中に籠って冬眠する。冬眠前には、他の冬眠動物と同じように、たっぷりと餌を喰い、丸々と肥えて脂肪を貯えてから籠るので知られてはいないが冬の泥鰌も美味しいのである。

夏の泥鰌は川漁師に注文しておくものだから、大体三日に一回は入って来る。それを厨房では大型のものは全て蒲焼きにし、中型から小型のものは泥鰌汁や柳川鍋にしている。泥鰌の蒲焼きと言うと、大方の人は鰻と違うのでそんなもの美味しいのかなあと疑うだろうが、実は鰻のそれと比べるとまるで違う風味を持っていて、粋な酒客には垂涎の的となっている食べ方なのである。

その違いは、鰻の蒲焼きは奥の深い濃厚なうま味とトロリとした脂肪からのコクを持っていて、総じてこってりとした厚化粧の都会人のようだけれど、泥鰌の場合はそうではない。蒲焼きの大きさはまるで違い、小さく薄いのであるが、繊細でさっと浮き上ってくるような美味しさがある。

ただ、鰻よりずっと小さいので、これを蒲焼きにするとなると、高度な技術を要する。先ず俎板《まないた》の上に大型の泥鰌を横たえるのだが、大きいものは腹全体が黄色を帯び、ややぽてっとしながら長くなっている。泥鰌を固定するために、目玉に鋭利な帳綴《ちょうとじ》またはは目打ちの先端を突き刺し、俎板まで貫通する。するともう泥鰌の動きは完全に止るので、あとは背開きにし、頭を落し、背骨の下に包丁を入れて水平に移動させて骨を取り、腸《わた》を去る。それを串に打ってから炭火で焼くのである。

身が薄いので焦げないよう細心の注意をし、全体がこんがりと焼き上ったら、いつも使い足している秘伝のタレを絡《から》め、今一度軽くさっと焙って出来上りである。この泥鰌の蒲焼きを最も得意とするのは畑野修平で、長く高山市で川魚料理屋を開いていた当時から、彼の蒲焼きは人気であった。その秘伝は今は誠也にも伝えられ、大型の泥鰌が入ってくると二人でそれを開き、串を打ち、焼いている。

中型から小型の泥鰌での柳川鍋は、多くの客から注文の入る人気料理である。柳川鍋は、開いた泥鰌とともに笹掻きしたゴボウを味醂と醬油の割下で煮、それを卵でとじた土鍋料理である。

「右官屋権之丞」の柳川鍋が美味しい理由は、泥鰌は勿論天然産だけれど、そこに使うゴボウが静代と誠二が裏の畑で栽培した堆肥播種の有機野菜であることと、とじる卵が特別の鶏卵であるからである。

誠二は畑の脇に在る鶏舎で軍鶏《しゃも》や名古屋コーチン系統の地鶏を放し飼いで育て、料理用の鶏肉と卵を得る役割もしているが、その肉と卵の美味しさは誰もが驚嘆するほどのものである。卵の場合、そのコクといい粘りといい、味の濃さといい、卵黄の色の濃さといい、鶏卵の美味しさを決定する具備条件を全て満たしているのである。

客は、グツグツと煮えた柳川鍋を目の前に出されると、先ずその色彩の美しさに感激する。淡い琥珀色に染まってしっとりとした泥鰌の開きとゴボウの笹掻きの上に、鮮やかな黄色と白の卵が広がり、その上に目に滲みるほどの緑の鮮やかな三葉が散らばっている。それを木製の散蓮華《ちりれんげ》でごそっと取り皿にとり、熱いのでフーフーと息を吹いてハフハフしながら食べるのである。すると先ず、開いた泥鰌の身が歯に応えてフワワ、フワワとし、そこから品のあるうま味とコクとがチュルチュルと出てきて、またゴボウはシャリリ、コキリとして、さらに卵の部分もフワリ、フワリとして、それらを味醂と醤油の甘じょっぱみが包み込み、さらにその全体を振り込んだ粉山椒の快香と三葉の青々とした芳香が囃し立て、絶妙なのである。

「右官屋権之丞」の「泥鰌汁」には二種ある。そのひとつは通常のやり方で、二〜三日水を替えながら泥を吐かせた生きた泥鰌四キログラムを鍋に入れ、そこに溶いた卵二〇個を入れ、油一五〇ccを加え、さらに酒二リットルを加えてから鍋に蓋をして一〇分ほど置くと、泥鰌は酒に〆《しめ》られて静かになるから、さらに水八リットルを入れてから火にかける。

そこに笹掻きゴボウ八〇〇グラムと三センチ角に切った木綿豆腐一・五キログラムを入れ、さらに味醂三〇〇cc、酒三〇〇cc、醤油七五〇ccを加える。これをグツグツと煮て泥鰌の身に完全に火が通ったらザク切りの韮《にら》八〇〇グラムを加え、あとひと煮立ちしたら五〇人分の出来上りである。

その泥鰌汁を大きめの椀に盛ると、実に豪快で野趣に溢れている。椀の中では具の泥鰌がゴロゴロと横たわり、またあちこちから頭や顔がぬっと出ていて少々異様で、人によっては気味悪さを感じる汁でもある。しかし泥鰌汁好きにはたまらぬ光景で、やおら椀を左手に持ち、右手に箸を持って先ず汁をじっくりと味わい、次には大抵、泥鰌を一匹頭の方からピロロンと啜り込んで、それをホコホコと食べてそのうま味や微かな苦味を堪能するのである。そして、しっかりと泥鰌からの出汁味に染まったゴボウと豆腐も賞味し、さらに韮のシャキリシャキリとした歯応えから出てくる薫菜《くんさい》系の匂いと優しい甘みにも感動するのである。

この通常の泥鰌汁とは全く違い、それをさらに進化させた「右官屋権之丞」流の泥鰌汁には、固有の知恵と発想が宿っている。それは何百匹という泥鰌を使いながら、その泥鰌汁の中には一匹の泥鰌も見当たらないという、まるで魔法のような汁なのである。

実際にその方法によって前述した通常の泥鰌汁と同じく五〇人分の泥鰌汁をつくるとすると、先ず泥を吐かせた泥鰌四キログラムを生きたままフードプロセッサーにかけてドロドロに挽くのである。ここには何百匹もの泥鰌がいるので残酷のようでもあるが、致し方ない。挽かれた泥鰌の身はドロドロのペースト状になり、血が全体を被って真っ赤になっている。

次にそのドロドロの泥鰌を木綿の布袋に入れ、下に置いた鍋の上で搾《しぼ》るのである。厨房の柴山真一が両手を使って力まかせに搾るので、彼の若さ溢れる握力は、すっかりとそれを搾り切り、鍋の中には泥鰌のエキスが溜り、袋の中には頭や骨などの残渣が残る。

さらに残渣の入った袋に水二リットルを加えて再び鍋の上で搾り、残渣に残ったエキスを水で洗い出す。こうして集めた泥鰌エキスの入った鍋にさらに五リットルの水を加えてから、そこにコクを出すための油二〇〇cc、調味料として味醂三〇〇cc、酒三〇〇cc、醬油七〇〇ccを加えて火にかける。アクを何度も取り去り、途中、三センチ角に切った木綿豆腐一・五キログラム、笹掻きゴボウ八〇〇グラムを加え、ゴボウに火が通ったらザク切りの韮八〇〇グラムを加え、あとひと煮立ちしたら出来上りである。

出来上った泥鰌汁を椀に盛るとそれは実に不思議である。一匹の泥鰌も見当らず、そこには絹ごし豆腐を思わせる柔らかそうな塊りがふわふわと浮き漂っていて、その下の方にゴボウと木綿豆腐が沈んでいる。スープは見事に澄んでいて、一点の濁りもない。こんなに綺麗に澄んでいるのは泥鰌のエキスが加熱され、浮遊していたタンパク質の粒子が固化して沈着したためである。

客がその泥鰌汁に一匹の泥鰌もいないのに気付き、不思議に思うのは無理もない。ところがその汁を啜り、そして絹ごし豆腐のようなふわふわとしたものを口に入れて味わうと、そこにはまぎれもなく泥鰌のコクのあるうま味が宿っているのである。そして、一緒に煮られたゴボウと豆腐も、しっかりと泥鰌のうま味に染められているのである。泥鰌の頭や顔、長い胴体などをグロテスクと感じる客も、これならまったく恐れずに、美味しい泥鰌汁をじっくりと味わうことができるのである。

「右官屋権之丞」では、昔のままの泥鰌汁を「姿見《すがたみ》の泥鰌汁」、一方エキス仕立でのものを「隠れ身の泥鰌汁」と名付けて区別している。

冬は、川魚漁師の働きも止まるので、この時期の土籠りの泥鰌掘りは誠一郎の役目だった。仕事上の役目というよりは、自らそれをかって出て冬期の楽しみのひとつとしていた。その狩り場は水田である。

泥鰌は、冬期は水が凍ってしまうので、土中に潜り込んで越冬する習性がある。それを知っている誠一郎は晩秋になると数日間かけて川から数枚の水田に水を引いておくのである。水田の持ち主からは、毎年米を買っているので、どうぞお使い下さい、とお墨付きをとってある。川から水を引くとき、川に棲《す》んでいた泥鰌は本能的に越冬の場所と思い、水田に導かれるようにして入っていくのである。

こうして川から水を引くと、水田への水の入口と水田からの水の出口を塞《ふさ》ぎ、水を張ったままにしておく。すると泥鰌はその習癖から、水田の決まった一箇所に集まって越冬する。そこが水田の水の出口にある水溜まりで、やがて氷が張り、泥鰌は全てそこの泥に潜って冬籠りをするのである。

そのことをよく知り尽くしている誠一郎は、決まって先ず水の出口にある水溜りのところの氷を割り、鍬《くわ》で土を掘り起す。すると、その土の中から大きな泥鰌がゴロゴロと出てくるのである。こうして何度も掘り起しては泥鰌を笊《ざる》に寄せ集め、綺麗な水で振るい洗うと、泥だけが流れていって、笊の中には腹を黄金色に染めた天然泥鰌が大量に蠢《うごめ》いているのであった。そして、それから後は、二枚目の水田を、さらにその後は三枚目の水田の泥を掘り起し、立派な泥鰌を収獲するのであった。

その土籠りの泥鰌は、どれも丸々と肥えて立派なものなので、「右官屋権之丞」では特別な料理をあしらって客を感嘆させている。何せ、夏が旬の泥鰌が、それよりも美味しい料理となって真冬に出てくるのであるから、そんな謎めいた料理屋など、恐らく他では見られない。

その料理とは「冬泥鰌の筏《いかだ》焼き」である。胸から腹を黄色に染めた肥えた粒揃いの泥鰌の腸と背骨を去り、背から裂いて開き、頭、胴、尾に三本の串を平行に打つ。さらにその同じ串に、別に裂いた二匹めと三匹めの泥鰌の頭、胴、尾も打つ。こうして、三本の串に支えられた三匹の泥鰌の姿を見ると、それはあたかも川下りをする筏に似ているので、そのような名前を付けたのである。

三本の串に打った泥鰌は、秘伝のタレで付け焼きにされ、蒲焼きになるのである。それを、白磁の大きめの皿にデンとのせて客に出す。真っ白い皿の上に赤銅色に焼き上げられた筏焼きの泥鰌。客はそれに粉山椒を振ってから、先ず一枚めの蒲焼きを串から外し、箸で裂いて口に運ぶ。それを静かに噛むと、瞬時に鼻孔から香ばしい蒲焼きの匂いと山椒からの快香が抜けてくる。そして口の中では、ふわわとした蒲焼きの歯応えの中から、濃厚だけれど上品で優雅なうま味がチュルチュルと湧き出てきて、それをタレの甘じょっぱみが包み込んで、耽美な野趣の味を心ゆくまで味わうことができるのである。

ちょうど泥鰌を掘り出す冬の頃、「田圃《たんぼ》の栄螺《さざえ》」とも呼ばれる田螺《たにし》が旬を迎えている。晩秋から春にかけて水田の泥中で越冬する直径三〜四センチほどの巻き貝の一種で「つぶ」とも称されている。この時期の田螺が最も美味なので、昔から全国の水田で採集され、貴重な蛋白質源として食べられてきた。誠一郎も泥鰌を掘り出すついでに、いつも田螺も採ってきて、時季の里山の料理だとして客に出すこともある。

その食べ方は味噌煮や味噌汁の実で、採ってきた田螺を綺麗な水に入れて一日数回水を取り替え、五日間も置くと完全に泥を吐く。その田螺を一個一個丁寧に洗って汚れをとり、それを甘じょっぱく味噌で煮たり、汁の実にするのである。

また弾力のある身の部分だけを幾つか串に刺し、それを秘伝のタレで付け焼きしたものも酒の肴に喜ばれる。

さらに「田螺のワイン蒸し」は、「右官屋権之丞」の料理の中では珍しく西洋風のハイカラ料理である。そのつくり方は、蓋《ふた》のできる鍋にオリーブオイルを敷き、バターの塊りを溶かし、刻んだニンニクを入れて中火にかける。ニンニクに香りがでてきたら泥を吐かせよく洗った田螺を加えてさらに炒める。そこに白ワインを注ぎ、強めに胡椒を蒔いてから蓋をして強火で蒸し上げる。それを磁器製の小碗に盛り分けて、煮汁を掛け、爪楊枝《つまようじ》を付けて客に出すのである。

客はその爪楊枝を使って田螺の口から見える肉身を刺して引き出し、食べるのである。シコシコとした弾力のある歯応えと貝特有の軽快なうま味に、バターのペナペナとしたコクが包み込み、それをワインの馥郁とした熟成香と酸味、ニンニクの微かな甘みと快香などが囃し立てて、田螺という牧歌的な田圃の味は一挙にフランス風ブルゴーニュ味に変身する。

一八、厨房の四人

「右官屋権之丞」の厨房には五人の料理人と一人の見習い人がいるのは今まで見てきた通りだ。第一五代目誠一郎と長男で第一六代跡目の誠也、次男の誠二、料理職人の畑野修平と近藤英輔、そして見習い人の柴山真一である。

誠一郎のもとで働く五人の仲は甚だよく、また結束も固いので、料理を作る時の意思疎通はいつも阿吽の呼吸である。その背景には、誠一郎の五人に対する日頃からの気くばりと寛容の深さがあり、また五人とも誠一郎に対して全幅の信頼をしているからである。

ところで、この五人、厨房で料理を作っていながら、わずかの時間を見つけたり、店が休日のときなどには、好きなことで心を充電させる気分転換法を持っている。そのきっかけは誠一郎がある時、五人を集めて言ったことにある。

「一日中料理の腕だけを振るっていたのでは、出来上った料理には体だけが乗り移って心が宿らないものなのだ。だから肩の凝った角ばった味の料理しかできないようになる。料理というものには逆に丸さという味が必要なんだよ。

そこでだ、料理の合間や休みの日などには、気分転換に好きなことをしてみることが大切だ。まあ遊び心とでもいうのかな。かと言って、店から離れたところまで行ってそれをしようものなら仕事に支障を来たす。

そこでだね、この家の裏山とか畑とか、空き地とか倉庫などを開放するので、日頃からやってみたいと思うことがあったら実行してみてはどうかな。

なぜ突然に俺がこんなことを言ったのかというとね、ずっと昔、俺が一人で板場を守って仕事をしていたとき、そのうちに何となく不安というか、そんな日が続いてきて、ついには今でいう絶不調に陥ったことがあったんだよ。

そこで店を一ヶ月ほど休んで、気分転換にと料理のことを一切忘れて、いつかはやってみたいと思っていたことに没頭したんだ。

それは天然の本葵《わさび》畑造りだ。先ず斜面に石床の流れ場をつくり、裏山から湧き出る水を石組みの溝でそこに導き、あちこちの山奥から探し集めてきた自生の本葵を植え付けてね。それが今、裏山にある本葵畑だ。その畑が出来たとたんに俺の心はとても清々しい気分に戻ってね、再び板場に立つことが出来たんだよ。

昨日の夜、久しぶりに昔の日記帳を読み返していたら、そんなことが出てきたので、今こうして言った訳だ」。

そこで誠一郎はひと呼吸置いてからこう続けた。「そうだ、もし何かやってみたいことがあったら、明日までに考えておくといい。そうしたら俺が、いろいろと手伝ってやるさ」。

その翌日の土曜日の夜。全ての客が引けて後片付けが終ったころ誠一郎が厨房にやってきて、「明日は休みなので、久しぶりに茶碗酒でもやるか」と言い、下げてきた地酒の一升瓶を開けてそれを湯呑み茶碗に注いだ。「では乾盃」と一同声を合わせてからしばらく談笑。そして誠一郎が切り出した。「昨日の話だけど、誠也は何かやってみたいことはあるかい？」。

誠也は待ってましたとばかりに答えた。

「前々から思っていたんだけど、裏山の東向きのほら、大きな朴《ほう》の木のある辺り。あそこを一〇〇坪ぐらい使わせてもらって山椒畑をつくりたいなあ。山椒は日当りが適当にあり、やや半日陰ぎみで、土が少し湿っているところが育つのに最適だということはもう調べてあったから、下見はしてある。山椒の畑がいつもそこにあると、葉も実も自前で調達できるので楽しいね」。

「そうか、お前そんなことずっと考えていたのか、よし、山椒畑やってみな。次に誠二、お前は何かやりたいことあるか？」。

誠二は少し困った様子で答える。

「俺、まだ考えつかないんだよ。その山椒畑づくりを手伝おうかな」。

「お前は夢のない奴だなあ、よし俺がやりたいことがあるから、俺と一緒にやってみるか」。

「いいよ、何やんの？」。

「山塩《やましお》をつくるんだよ。山の塩だ。塩はな、海ばかりじゃないんだぞ。山でもつくることができるんだ。俺はな、すでにその塩の在りかを知ってるんだよ」。

「ええっ！　それは面白そうだね、山塩だってえ？　やる、やる」。

「畑野さんは何かやりたいことがある？」。

畑野は嬉しそうに答えた。

「勿論ですよ。佃煮づくりですわ。我《われ》が高山で小料理屋をやっていたとき、よく宮川から雑魚《ざこ》や川エビ捕ってきて佃煮つくってね、それを客が帰るときに嫁さんへの土産じゃとか言って、よお買っていってくれたんですわ。我が言うにゃおこがましいのじゃけど、その佃煮がとても美味しいというので評判になっての。じゃけんあの佃煮を今一度つくってみたいと日頃思っていたんですわ。できればこの店のお土産につくってみたいなあ、と」。

「それはすばらしい話だ。この店の土産になるんだから、その佃煮造りはこの厨房の片隅でよいだろう」。

「そがいに申しつかあさるなら、美味い佃煮つくり上げますわ」。

「佃煮の材料費は店が出す。佃煮は店で売って、その売上げ代金の二割を俸給に付け加えておくよ」。

畑野修平は中学生時代まで広島で育った癖で、今でも時々広島弁が混じるのであった。

「近藤さんはどうかな」。

近藤はまっすぐ誠一郎の目を見ながら言った。

「ここに来てそう日も多く経ってませんので、当面は料理に打ち込むつもりです。何かやりたいことがあったら、その時は相談させて下さい」。

「おお、よくわかった。では柴山君は何かやってみたいものはないのか?」。

柴山は少し上気した顔で答えた。

「兄貴ら三人が調理師免許を持っているので、私は先ずこれから勉強してその資格をとるところから始めます。そして、その勉強をしながら、裏庭を借りてやりたいことは軍鶏《しゃも》や野鳥肉、猪の肉を使って燻製をつくってみたいんです。私の将来の夢は肉専門の燻製屋を開くことなんです」。

「おお、それはすばらしい夢だ。それが叶えるよう力になってやるよ」。

こうして四人はそれぞれの夢をかけて、仕事の合間や休みの日を使って気分転換のための楽しい時間をつくり始めた。

先ず誠也は、日曜日ごとに裏山の開墾に汗を流した。誠也は茜と長女梢《こずえ》の三人で、店に隣接する家に住んでいるので、裏山の山椒畑予定地までは歩いて一〇分とかからない。朝早く出て行って雑木を切り開き、根を掘り起してから整地する。それが終ると次に藤丸家の山々に自生する山椒の木を見つけ出してきては根ごと掘り出してきて移植する。こうして移植した山椒の木は、誠一郎のアドバイスを受けて堆肥の施肥を上手に行ったこともあり、全てが根付いた。

誠二は、父誠一郎の指導の下に山塩造りに取りかかるのであったが、その前に一日たっぷりと父からの講義を受けた。誠一郎の講話は、高校を出たとはいえ、あまり化学を知らないだろう息子のために、解りやすく塩のことを教えるものだった。

「塩はな、ナトリウム（Na）と塩素（Cl）が結合した塩化（Cl）ナトリウム（Na）という物質の結晶、すなわちNaClから出来ている。

海水にはすでに、そのような塩分を構成する無機質が多量に含まれているから、海から塩を採ることができる。

一方、陸上では塩を含む無機質は土に含まれていて、それが地下から湧き上げてくる水に溶かされて地表に出てくるのだよ。

ところが、その湧き水が地表に出てきても川の水や雨水などに薄められて嘗《な》めても塩《しょ》っぱくないほど薄まっている。だが、それらの塩分が濃くなって湧き出している土周辺の湧き水は、嘗めてみると塩っぱいんだ。

例えばだ、温泉は温かい地下水だけれど、その湯を嘗めてみると、時々とても塩っぱいものと出合うことがあるけれど、あれは塩分、すなわち塩の存在のためなんだよ。

昔からの地名に山の中でも塩原とか塩尻《しおじり》、塩川、塩沢、塩谷、塩山《えんざん》、塩瀬、天塩《てしお》、塩田、熱塩《あつしお》、塩ヶ森などという地名があるが、あれは昔、そこに塩を含んだ土があったとか、塩っぱい水が出たという所を指していっているんだ。実際そこで塩を採っていたという古い文書もあるし、今でも山の中で採塩している所があるんだ。

さてここでひと休みしてと、お茶でも飲んでまた一五分後に講義するよ。これまでの説明、解ったかな?」。

「とても解りやすくて面白かったよ。高校の先生もこういうような授業をしてくれると化学がもっと好きになっていたんだけどね」。

そして一五分が経った。

「さあ続きをやるぞ。では塩を含んだ水や土のあるところを昔の人はどうして見つけたのかというとだ。なんとそれは猪や鹿や蝶が教えてくれるんだよ。

水がチョロチョロと湧き出している土のところを、べと場という。いつもべとべとぬかるんでいるからね。そのべと場に行って日中じっと観察していると、蝶が何匹も飛んできてそのべと場に降りてきて口に付いている長い吸管をそこに刺して水分を吸い上げているんだよ。

またた、蝶の来るべと場に朝早く行ってみると、そのぬかるみに猪や鹿、熊、野兎《のうさぎ》などの足跡がいっぱい残っている。つまり野生動物は夜にそのべと場にやってきて、そこの泥土を食うのだ。

つまりそのことによってだね、蝶も野生動物も、生きるために不可欠の塩を摂取しているというわけで、それを見ていた昔の人は、そこに薄いながらも塩のあることに気づくんだね。

そこでだ、頭のいい人がいてな、そのべと場から塩をまとめて取れないかと考えて、先ずべと場に座布団《ざぶとん》ぐらいの大きさで深さが一メートルぐらいの穴を掘って、そこに湧き出てくる水を溜める。数日して穴にいっぱいの水が溜まったら、あらかじめ干して乾燥させておいた木の葉や雑草を沢山放り込むんだよ。すると乾ききっていた植物の葉や草は水をしっかり吸って膨《ふく》らんでいく。

二、三日して天気の良い日にその葉や草を水の穴から引き揚げて、それを地上に広げて太陽に当てて干すと、水分はどんどん蒸発していって、数日後にはカサカサに乾く。

そこでその干草を集めて火を付けるんだ。植物はどんどん燃える。するとそこに灰が残る。その灰を嘗めてみると実に塩っぱい。つまり塩は無機質なので火では燃えないから、灰の中に残るというわけだ。昔の山の中の人たちはその塩灰を生きるために利用してたんだね。

しかし今はそんなことしなくても、塩を含んだ湧水を集めたら、鍋や釜で煮詰めれば塩が採れるよな。はいそれじゃ今日の講義はここまで。明日の朝早く現地授業に行くので俺に付いてきなさい。裏山のかなり奥に入ったところにべと場があるから、そこを見せてやる」。

翌朝の午前六時半頃、山仕事姿で長靴を履いた誠一郎と誠二の二人が家を出て裏山に入った。誠二の手には土を掘り起すための柄の長いスコップが握られ、また背中には、畳んだ金網《かなあみ》を背負っている。

林道をどんどん登って行くとそのうちに道もなくなり、今度は獣道《けものみち》のようなところをさらに藪《やぶ》をかき分け、かき分け入って行って、七合目付近まで辿り着く。その獣道からやや下ったところに五坪ぐらいの広さの踊り場のような平坦な場所があった。

誠一郎が「ここだよ、べと場は」と言って足元の周辺を指差すと、確かにそこはどろどろとぬかるんでいて、表面の方には水がチョロチョロと流れ出ている。

「ほら、よく見てご覧、べと場のあちこちに動物の足跡がいっぱい付いているだろう。ほらこれが猪の蹄《ひづめ》だ。おおっ、羚羊《かもしか》も来ているぞ。ほら、この大きな蹄の跡がそうだ。夜ここに来て土を食って塩分を補給しているんだよ。誠二、よく見ておくんだぞ」。

「ああ、わかった。動物が塩を食いに来るって本当だったんだなあ」。

「それじゃ、そのスコップでここに穴を掘れ、俺は座って見てるから、まあがんばれや」。

それから誠二は、黙々と独りで穴掘りをした。若くエネルギッシュな彼は、みるみる間に掘っていき、一時間もしないうちに直径六〇センチ、深さ七〇センチほどの穴を掘り上げた。誠二は穴を掘っている間、ぬかる泥水を指先にちょっと付けてそれを舌の先に触れてみて、塩味を微かに感じとっている。

「よし誠二、立派な穴だ。ちょうど湧き水の出る水脈の上辺りだから、一〇日のうちには水がたっぷりと溜まるだろう。動物が来て穴が汚れたり塞《ふさ》がれないように、周りに網を張ろう」。

二人は近くの雑木林から直径一〇センチ、長さ一メートル五〇センチほどの丸太ん棒を五本切り出してくると、その一方を鉈《なた》で削って尖《とが》らせて四本の杭《くい》をつくり、残りの一本の丸太ん棒で杭の頭を叩きながら穴の周りに打ち込んだ。そして、杭の外側を持ってきた金網でぐるりと巻いてから、釘を打ちつけて固定した。こうして、水を溜める穴は張りめぐらされた金網で守られ、あとは水の溜まるのを待つだけであった。

その一〇日後、誠二は誠一郎の指図《さしず》通りに、ポリエチレン製二〇リットル入りのポリタンクを背負い、手には柄杓《ひしやく》を持って再びべと場に向った。そしてそこに着いてみると、穴にはたっぷりの水が溜まっていて、水面には落ち葉や虫などが少し浮いていたのであった。

柄杓でその水をほんの少し汲み、それを口に含んでみると、微かに塩っぱい味がする。早速溜まった水を柄杓を使ってポリタンクに移す作業に取りかかった。なるべく濁らないように、慎重にゆっくり、静かに汲んで二〇分も続けると、ポリタンクには八分目ほど、一升瓶に詰めると約一〇本分もの水が集まった。誠二は再び杭に金網を巻いて固定し、そして水の入ったポリタンクを背負って「右官屋権之丞」の誠一郎のもとに戻った。

「おお誠二、ずいぶん溜まってたなあ、よしよしと。ではそれを鍋で煮詰めてみよう」。

「いやあ、重かったよ。山で塩を採るのも大変だなあ」誠二はそう言うと、早速厨房の外に据えてある竈処《かまどころ》に行って大きな釜を仕掛け、そこに汲んできた水を入れて薪《まき》に火をつけた。

水が沸騰してどんどんと蒸発していき、釜底がわずかに見えはじめたころ、まぎれもなく灰白色の小さな粉末が釜の内側や縁《へり》に結晶化している。

そこから約三〇分後、釜にはほとんど水分が無くなったので焚き口から火を引いた。そして釜の熱が冷めるのを待って、膠付《こびれ》いている結晶を残すことなくスプーンで集め、卓上用小型台秤《だいばかり》で目方を計ってみた。すると、何と八五・三グラムもある。嘗めてみるととても塩《しお》っ鹹《から》く、まぎれもなく塩であることを舌で確認した。誠一郎もそれを確かめてから「おい、誠二、白飯《めし》持って来いや」と言う。

誠二は急いで厨房に行って、ちょうど炊上っていた飯《めし》をご飯茶碗に一杯だけとって戻ってきた。それを、手を洗って待っていた誠一郎に渡すと、直ぐに灰白色の結晶を両方の掌《てのひら》に付け、握り飯をつくった。

「ほら誠二、食べてみろ」。

「おお、これは本物の塩むすびだわ。飯が甘くてうまい」。誠二は裏山の八合目まで登り、重い水を背負《しょ》ってきて、釜で煮詰めた苦労が心の調味料ともなって、とても美味そうにぺろりと平らげた。

畑野修平は、店の休日あるいは厨房での仕事の合間に大好きな佃煮造りで気分転換を図っていた。独り身なので、休みの日には自宅の台所で早朝より精を出し、充実した時間を過ごしていた。

材料は宮川で採れた鮠《はえ(はや)》や諸子《もろこ》、小鮒《こぶな》、川海老、鰍《かじか》や杜父魚《ごり》などの小魚が主で、あらかじめ高山市にある川魚専門の問屋に頼んでおき、それを使っている。それらの小魚の佃煮は、畑野修平流の木目の細かい独自の方法で作る。

例えば諸子や小鮒の場合、先ず鱗《うろこ》と腹腸《はらわた》を綺麗にとってからよく洗い、それを二、三匹ずつ竹串に打ってから炭火で焼くのである。表面が少し焦げる程度に香ばしく焼き上ったら、溜《たまり》醤油と砂糖、味醂、酒でつくった秘伝のタレで煮詰めて完成させる。一度焼いてからそれを佃煮にするという畑野流の方法でつくると、佃煮になってから川魚特有の生臭みは全く感じられない。まったくもって妙法である。

それらの小魚のほかに、特に客に人気なのは川海老《かわえび》で、美味しいだけでなく煮詰められた川海老の幻想的な茜色が、食べる者の目をも和ませてくれるのであった。

また、小鮎《こあゆ》の佃煮も、煮汁の黒ずんだ赤銅色の中に白銀の小鮎の肌が見え隠れして美しい。

小魚の佃煮のほかに春は蕗《ふき》や蕨《わらび》、薇《ぜんまい》などの山菜、秋は標茸《しめじ》や舞茸《まいたけ》、松茸、初茸などの茸《きのこ》などがあり、年中つくって心を和ませている。

柴山真一は調理師試験を目指しながら厨房で料理を手伝い、また見習っていたが、その合間合間に店の裏庭で燻製づくりに挑戦し始めた。先ず休みの日に高山市の本屋に行って、『燻製づくり入門』という本を買ってきて読み始めると燻製を作る基本には三つの方法があることを知る。

そのひとつは「熱燻《ねつくん》法」で、高い温度で燻《いぶ》すため硬めの仕上りとなり、肉類に適しているというもの。次は「温燻法」で、素材の風味を損なわずに、乾燥させながらほど良い煙の香りをつける手法で、ベーコン、ハム、魚介類の燻製はこの手法でつくる、とある。さらに「冷燻法」は素材を生に近い状態で保つ方法で、スモークサーモンがその例だけれど、冬期しかつくれないという。そのため真一は先ずは「温燻法」でやってみることにした。

さらにその本には、煙を効率的に肉や魚にかけるためには箱のようなスモーカーが必要であって、それは自分で作れるとして木箱やダンボール箱などでの製法が図解されていた。そこで時間をみつけて木製のリンゴ箱を探し出してくると、それでスモーカーをつくった。

先ず箱を縦にして一旦空間をふさぎ、密閉箱をつくる。その箱の下の方の一部分を四角に切り開いてチップの出し入れ口をつくる。箱の天井には穴を開けて煙の出口とし、箱の上部二ヶ所に小さな穴を開けてそこに二本の棒を差し込む。その棒は肉などの材料を吊るすためのものである。箱の底は完全に取り去って、箱が直接地面に接するようにし、そこに火の着いたチップを置くのである。

燻煙の煙のもととなるチップは、桜、楢《なら》、橅《ぶな》などの木材の切り屑《くず》などを使うというので、その調達を誠一郎に相談した。すると裏山に楢の木がいくらでもあるので、適当なのを選び、その枝を切ってきて使ってもよい、という返事だった。そこで山に入り、楢の木に昇って太目の枝を一本切り落し、小さな枝葉はそこで切り捨てて、腕の太さほどの丸太を一本担いで持ってきた。それを鋸《のこぎり》で切り分けていくと、切り屑がどんどん溜まったので、あとは本に従って天日で乾燥し、燃えやすくした。

こうして記念すべき第一回の燻製作りが始まった。誠也からもらった冷凍猪肉のスペアリブや腿肉の切り身を解凍し、それに塩をすり込んで一日置く。翌日、表面の塩を流水で落としてから布巾で水気をよく拭き取り、三日間ほど風通しのいいところへ吊るして風乾し、それを軽く凧糸《たこ》で縛ってからスモーカー内部の棒にぶら下げた。

スモーカーの一番下、すなわち地面に接しているところに熾《おこ》した炭火を置き、そこに五徳《ごとく》を据え、その上にチップを入れた菓子缶を置く。するとしばらくしてスモーカー内部に煙が満ちてきて、箱の上部の煙抜きからは香りのいい煙が立ち昇ってきた。

二〇分間肉を煙に晒《さら》してから、再び風に晒して五日間置いたところ、肉はだんだん固くなってきた。その肉の表面にニンニク片をこすりつけてよくすり込む。それを再度スモーカーに入れて再び燻すこと二〇分。それを風に晒して一週間風乾し、柴山真一初めての燻製の完成である。

その腿肉の燻製を薄く切ってみると、赤銅色の肉が実に美しい。真一はその一片を口に入れて食べてみた。ムシャムシャと噛むと、優しい煙の匂いが鼻孔から抜けてきて、口の中では肉が歯に応えてシコリ、コキリ、ムシャリとし、そこから猪肉ならではの濃いうま味がピュルピュル、ジュルジュルと湧き出してきて、そこに煙からの微かな辛みのような刺激も加わって絶妙であった。

そこで、誠也と畑野修平に味を見てもらうと、「ほお〜、なかなか上手な燻製が出来たなあ。これは美味いわ」「何やのこりゃ、買《こ》うて来たような燻製じゃがのう。ようできてんなあ」「親方に見せに行ってきなよ」となかなかの好反応であった。修平はスペアリブと腿肉の燻製を持って母屋に居る誠一郎の処に行って味を見てもらった。「うん、期待していたよりうまく出来たなあ。だけど、これで完成だなんて思ったら間違いだよ。もっといいもの、さらにいいものをつくって行って、完璧なものになったら、その自信作を持ってまたおいで」。

こうして山椒畑作りに精を出す誠也、山塩の析出化に挑む誠二、佃煮造りに夢を託す畑野修平、燻製づくりに思いを馳せる柴山真一、それぞれの挑戦が始まった。一体、彼らの熱い血は報いられたのであろうか。それから二年後の進捗《しんちょく》状態を見てみると、着実にその成果が上っている。

誠也は自分で開墾した裏山の約八〇坪に五〇本の山椒の木を移植し、その翌年の春には山椒が新芽を吹き、それが成長したので緑葉を摘んできて料理に使えるようになった。誠也の畑の管理もよく尽くされていたので、芳香はとても高く、料理に清々しい緑色と春を告げる快香を添えることが可能となった。

そしてさらに秋になると、丸く小粒で緑色の美しい実を収穫することもでき、その実を料理にあしらったり、乾燥させて粉山椒を得たりと、料理に一段と野趣を引き立たせることになった。

こうして、誠也は本業の料理をしながら、時々畑に行って手入れし、収穫しながら気分転換を図るのであった。その後この山椒畑は「右官屋権之丞」の繁栄と共に長く続いて行くことになる。

誠二の山塩造りも二年目に入って本格的に始動した。始めは塩を含む湧水の出るところに水を溜め、そこから週に一度水を担いで戻ってきたが、今はその取水場の脇に誠一郎の資金調達によって釜付きの作業小屋が建ち、そこで水を採取後濃縮し、塩の結晶を析出させるようになった。誠一郎はその小屋に「山塩屋」という名を付け、小さな看板を掛けた。何せ藤丸家の所有する山であるので、いろいろ楽しいことが出来る。

ただ誠一郎は、湧水の出る噴出口を広げたり、水を溜める穴を大きくするなどいうことは決して誠二に許さなかった。それは、自然のままに湧き出る水こそ尊いもので、そこに人の手を加えることなど許されないこと、また、べと場に集まる動物たちのためにも、今のままの状態に置いておくのが一番いいと考えているからである。

そのため、誠二が塩づくりをするのは水が穴いっぱいに溜まる週に二度だけである。これまで二年簡に採れた塩の記録を見てみると、一度で約八〇グラム採れ、一ヶ月平均採取量は六四〇グラム、一年間では約七・八キログラムが採れた。従って誠二はこれまでの二年間で約一五キログラム近くも採ったことになる。

採れた塩は貴重なのでこれまで使ってはおらず、信楽焼の壺に入れて囲ってある。その壺は五キログラムの塩が入るので、すでに三壺がいっぱいとなり、今は四壺めに貯められ始めている。近い将来、握り飯《めし》や鮎の塩焼きなど、珍しい山塩での料理も賞味されることであろう。

畑野修平の佃煮稼業は、始めてから半年もたたぬうちに大きく歩み出した。店の休みの日曜日毎に、一日中早朝から晩まで大好きな佃煮づくりに浸れることは、彼の本当の心の転換であった。誠一郎との約束通り、赤銅色に輝く川海老の美味しい佃煮や白銀色と鼈甲《べっこう》色の眩しい小鮎の佃煮などは、そのまま「右官屋権之丞」に納められ、経木に包まれ、化粧箱に納められて店の名物土産として客に喜ばれた。材料費と売上代金の二割は修平の毎月の給料に上乗せされているが、誠一郎としても、この美味しい佃煮は店の宣伝にもなるし、売上げとして利益に計上されるので内心笑いが止まらない。

調理師免許試験を受ける資格は見習い経験二年以上と決められているので、柴山真一はその勉強の合間合間に燻製作りをしていた。獣肉ばかりでなく鮎、鰻、川鱒、岩魚、山女《やまめ》などの川魚も燻製にし、誠一郎に試食してもらっていた。なかなか上手な出来栄えだったが、まだ客に出すまでには至らなかったので、作ったものは厨房で分け合ったり、各自が家々に持ち帰ったりして食べた。調理師免許試験日が近づくととりあえず燻製作りを休んだが、その調理師免許試験にも見事合格し、料理人の仲間入りを果たし、燻製づくりにまた精を出すこととなった。

一九、雪囲いの魔法

冬の飛騨地方に大雪の降ることは、高山市や飛騨市そして合掌造りで有名な白川郷の冬景色を思い浮かべても解る。とにかく全国屈指の豪雪地帯で、そのため里山は雪に埋もれてしんみりと静まり返っているのは昔も今も変らない。

ところが「右官屋権之丞」には、相変わらずの常連客や、さまざまな情報で幻の料理屋との噂を聞いた旅行者などが雪をかき分けて毎日のようにやってきた。幸いに大雪でも、国道は国が除雪するので問題なく、またそこから脇道に入った県道でも、よほどのことがない限り県や町がくまなく除雪しているので、車は通行できる。さらにそこから家々につながる道も、近隣の家々が結《ゆい》を組んで除雪し、最低限、車が家の前までは入って行けるようにするのでなんとか大丈夫だ。

冬に「右官屋権之丞」が客に出す料理は、勿論温かい料理が中心で、そうなると鍋料理に人気が集中する。猪の「ぼたん鍋」、熊の「熊鍋」、庭で放し飼いしている鶏での「軍鶏鍋」や「鶏のすき焼」などである。だが、とりわけ人気なのは「鴨鍋」や「鴨すき」あるいは「鴨の鉄板焼」などの鴨料理であった。この時季の鴨は脂肪がたっぷりと載り、実に美味しいし体も温まる。他の料理屋と違うのは、合鴨《あいがも》は一切使わず、全てが自然界に棲育している真鴨であることだ。

多くは生業《なりわい》猟師が捕ってくるのを仕入れるが、中には休日などに誠一郎と誠也、誠二の三人が車で遠征し、仕留めてきたものもある。遠征といってもそんなに遠く行くのではなく、岐阜県には飛驒川、木曾川、長良川、揖斐《いび》川などの河川があり、また近くの高山市には大島ダム、恵那市には阿木川ダム、滋賀県の丹生《にう》ダムなどがあり、真鴨が数多く群れているので、その周辺の狩猟区域で猟をするのである。

「右官屋権之丞」の鴨鍋はとてもシンプルである。一個の土鍋で四人分としているので、鴨肉は六〇〇グラムのロースを使い、それをひと口大に削《そ》ぎ切りし両面を包丁で軽く叩く。ボウルに煮切り酒大匙二、煮切り味醂大匙二、醬油大匙一、粉山椒小匙一を合わせ、よく混ぜてから鴨肉にふりかけて弱い力で少し揉《も》みこむ。長葱三本は白い部分だけを用い、それを一センチ幅の斜め切りにし、豆腐一丁は八等分に切り、椎茸四枚は石づきを取って傘の表面に菊花模様の飾り切りを入れる。土鍋に鰹節と昆布と椎茸でとった秘伝の出汁《だし》一八〇〇ccを入れ、そこに醤油一五〇cc、味醂一五〇cc、酒七〇ccを加え火にかける。そこに椎茸、葱、豆腐の順に加え、最後に鴨肉を入れて火が通ったら客に勧めるのである。

鴨肉の持ち味を最大限生かすために鍋の主体は鴨肉と葱で、先ずじっくりと鴨肉のうま味と脂肪からのコクを味わってもらいながら、次はそのうま味を吸収した葱を賞味してもらう。そして鴨の味に染められた豆腐や椎茸も楽しんでもらおうという趣向である。

客は取り皿の呑水《とんすい》に具と汁をどっさりととり、先ず黄色を帯びた脂肪身《あぶらみ》がポテポテと付いたお目当ての鴨肉を一枚口に入れてムシャムシャと噛む。すると肉は歯に応えてシコリ、コキリとしながら、そこから奥の深い濃厚な肉のうま味と脂肪身からのペナペナとしたコクとが口中に広がってくる。

その余韻を口に残しながら、次に葱をいただく。噛むとシャキリ、ホクリとしながら次第に身を崩し、そこから葱特有の甘みがチュルチュルと出てきて、それを鴨肉のうま味が包み込んで絶妙である。

客は鴨と葱との合性をじっくりと鑑賞してから、次に豆腐をいただく。すると、口に含んだとたんに豆腐はフワワ、ホロロと崩れていき、そこからは豆腐の持つ微甘が鴨肉の濃厚なうま味とコクに優しく抱合されて、至妙な雅味を味わうことができるのである。また、鴨肉のシコシコとした歯応えと豆腐のフワワとした歯触りの粋なコントラストも妙で、客は大いに満足するのである。

その鴨鍋の後には、必ず温かい野菜のクリーム煮を出すのも「右官屋権之丞」の流儀である。鴨肉のやや重厚なうま味の後には、それを受け止める温野菜はいかが、といった意味であろう。

四人分の材料はブロッコリー一株、大き目の馬鈴薯《じゃがいも》二個、人参一本、南瓜《かぼちゃ》四分の一個、玉葱半個である。ブロッコリーは小房に分け、馬鈴薯は皮をむいて四つ切りに、人参は皮をむいて乱切りに、南瓜は一・五センチ幅の櫛《くし》形に切る。

フライパンに油を熱し、三片のニンニクと半個の玉葱の微塵切りを炒め、香りが出てきたら大匙一の小麦粉を加えてさらに炒め、小麦が粉っぽくなくなったら酒大匙四、牛乳大匙八を加え、とろみが出てきたところで、あらかじめ煮ておいた人参、馬鈴薯、南瓜を加えてよく和えて出来上りである。

それを皿に盛ると実に美しい。ブロッコリーの緑に人参の茜色、南瓜の黄、馬鈴薯のクリーム色は皿の上の花畑のようだ。先ず馬鈴薯を食べると、ホクホクとした中からとても甘みのある味がじゅんわりと出てくる。次にブロッコリーを食べてみると、モクリホクリとした歯応えの中から、これまた優しい感じの甘みが出てくる。ここで客はおやおや？　とその味の不思議さに気付くのである。日頃食べているものとは違って、品のいい甘さに気付くのである。それでは人参はどうかと、今度はその甘さを確かめるようにして食べてみると、これまた大層甘い。南瓜はどうかと味わうと、またまた甘い。砂糖の甘さではなく、明らかに野菜から放たれる優しい甘さである。客はここで、この料理屋の野菜は何か特別のものなのだろうと気付くのである。

それはその筈で、「右官屋権之丞」の野菜は、これらの野菜だけではなく、大根、葱、トマト、蕪《かぶ》、白菜、菠薐草《ほうれんそう》、寒玉キャベツ、芽キャベツ、カリフラワーといった冬野菜も一様に甘いのである。その理由は二つあって、第一は何度も言うように自家製の完熟堆肥を使って野菜を育てていることにある。その堆肥は誠二が責任者となって飼っている軍鶏《しやも》や野飼いの地鶏の糞を集めて、それを厨房から出た食品廃棄物や落葉などと共に大きな木枠の中で二年も発酵と熟成を重ねた完熟堆肥なのである。そこには、野菜が力強く成長するためのミネラル類が豊富に含まれていて、肥沃な土となっていて、それを畑に撒いて施耕するのであるから甘みやうま味が乗るのは当然なのである。

ところが「右官屋権之丞」が数年前から行なってきた独自の方法による第二の理由にこそ、野菜に甘味をぐんと乗せる秘密が隠されているのである。それは雪の利用である。飛騨に本格的に雪が降るのは一二月上旬で、その後は日増しに雪の降る日が多くなる。すると誠一郎や誠也、誠二はその雪を一ヶ所に集めて小さな雪の塊りをつくるのである。

冬の飛騨は寒いのでその塊りはなかなか解けない。そのうちに雪は毎日のように降り続いてきて、その塊りの上に積もっていく。こうして雪の塊りはどんどんと大きく成長していき、一二月の末頃にもなると、高さ約二メートル、幅三メートル、奥行き四メートルもの大きさとなる。

それを待っていた三人は、その雪塊の一部に人が立って入れるぐらいの出入口を開け、中から雪を掘り出して雪洞をつくるのである。ちょうど秋田県横手市での雪の祭典「かまくら」のようなあの雪洞の形である。

それが出来ると、次はその中に大根、南瓜、人参、白菜、葱、玉葱、馬鈴薯、ブロッコリー、カリフラワー、蕪、キャベツ、芽キャベツ、菠薐草などを運び込む。そしてそれらの野菜の上に雪洞の外から運んできた綺麗で新鮮な雪をスコップを使って被《かぶ》せていくのである。こうして雪洞の中の野菜の全てが雪に覆われると、出入口に簡易な戸板を立てて塞ぎ、外気から遮断するのであった。

なぜそのようなことをするのか。それは、誠一郎のある体験によっての発想からであった。それは数年前の春先き二月末のことである。誠一郎は周囲の雪もかなり解けてきたので畑の周りを散策していた。その畑は前の年に冬キャベツを収穫したところで、まだ雪がわずかに残っていた。畑を見渡しながら歩いていると、取り忘れたのだろうか、一個のキャベツが雪に埋もれて転がっているのを見つけた。

何気なく雪を払い除けてみると、そこに現われたのはまだ青々としたキャベツで、誠一郎は驚いた。収穫直前のような状態なのである。あまりにも瑞々しいのでその場で食べてみたところ、それがあまりにも甘いので二度びっくりした。これは雪の持つ魔法か霊力かと思い、それを持ち帰って妻の静代や息子たちに食べさせたところ、みなその甘さにびっくりしたのだった。

そこでその年の冬にキャベツ、人参、白菜、ブロッコリーを根を付けたまま収穫せず雪の下で越冬させ、それを早春に食べてみると、やはり非常に甘いばかりでなく味も濃くなっている。誠一郎は「よし、これで行こう。雪囲いの栽培法だ」と意を決して、それからというもの、毎年のように何種類かの野菜を雪畑で越冬させ、それを客に味わってもらうことにしたのである。勿論客も、その野菜の甘さと美味さに驚き、感嘆したのであった。

ただ、多くの野菜を畑で越冬させるとなると、早春の収穫時と次の作物の種を蒔く時期が重なって、作業が煩雑になる。そこで以後は、根を付けた野菜の一部だけを畑に残し、あとは収穫してから雪洞の中に集めて雪囲いをすることにしたのである。というのは、収穫した野菜を長い間雪洞の中で雪囲いをしておいても甘味がかなり増すことがわかったからである。

「野菜の甘味増強法」という誠一郎の雪囲いの発想については飛騨から遠く離れた北海道でも一部の農家がすでに行なっていた方法であった。そして、なぜ甘くなるのかという理論についても北海道の農事試験場が解明している。それは雪下で野菜を休眠させることにより、野菜に含まれている糖化酵素の中で低温下でも作用することのできる酵素が働いて、糖をつくるために甘くなるということである。その上、甘くなるだけでなく、うま味の成分のアミノ酸をつくる酵素も働くので味もぐっと上るということである。誠一郎の観察力と挑戦心、そして先見の明は、大したものである。

二〇、清流からの恵み

「右官屋権之丞」の店の周辺は、豊かな自然に囲まれ、蒼々とした環境にある。直ぐ裏山は橅《ぶな》、櫟《くぬぎ》、赤松、山桜などの大木に被われ、その下には鬱蒼《うっそう》とした灌木《かんぼく》が生え、そこには野兎、鹿、猪、羚羊《かもしか》、熊などの野生動物が躍動している。

その山の地下には、北アルプスに端を発する清涼無垢の清水が流下していて、それが途中で地上に湧き出し小川をつくり、「右官屋権之丞」の建物を掠《かす》めるようにして流れ下っている。そのような地理的構造は、この飛騨の地のあちこちに在って、こうして各地で誕生した小川の水は一ヶ所に集まって小規模の川をつくり、それらの川はまた別から流下してくる川と合流して中規模河川をつくる。さらにその川はやがて本流に辿り着いて合流し、大きな川をつくるのである。

例えば「右官屋権之丞」のある飛騨市古川地区では荒城《あらき》川や殿川が、隣の高山市には、大八賀川《だいはちが》や小八賀川《こはちが》、川上川などが滔流して、それが大きな河川の宮川に呑み込まれ、その川がまた庄川に合流して日本海に、飛騨川に流れて木曾川から太平洋に注ぐのである。とにかく飛騨地方には山々から湧き出してきた美しい小川が多数あり、それがいずれも澄みきって、清流をつくっているのである。

その周辺には、さまざまな生命が迸《ほとばし》っていて、カワゲラやヨコエビなどの水生昆虫や河鹿蛙《かじか》、沢蟹《さわがに》、などの清流動物が蠢《うごめ》き、鮎、鰍《かじか》、山女《やまめ》、岩魚《いわな》、鮴《ごり》などの魚が棲処《すみか》にしている。

その清流の恵みを大切に扱って、細流《せせらぎ》ならではの真味を客に堪能してもらうのも「右官屋権之丞」流の心の献立である。その中には鮎や岩魚、山女という「清流三魚」での渓流料理もある。ところが「右官屋権之丞」では、その三魚のほかに、他の多くの料理屋の板前では到底真似をすることのできない繊細な技量を発揮して、幻の逸品を客に披露しているのである。それは驚嘆すべき包丁術で、清流の微小な魚を使った恐らく日本一小さな刺身を造る秘技なのである。

それに用いる魚はヨシノボリである。「葦登」とも書くこの魚は鮴と共に清流に棲むハゼ科の小魚で、川の礫底《れきてい》にいて水生昆虫や礫石付着藻類、微細甲殼類などを食べながら、体長四〜五センチで成熟する。「右宮屋権之丞」の近くを流れる宮川支流の水系にも居るが、本流の宮川によく集まっている。その漁獲法は「さで網」という網を使って行われるのである。

捕る魚が小さいのでその網の目は細かくしてあり、入口は蒲鉾《かまぼこ》の断面のような形で開き、末尾の口は吹き流しのような形で紐で閉じられている。川底にぴったりとつけることができ、その網を川底に沈めて押さえ、上流から追い棒、あるいは熊手のようなものを使って川底の砂利や礫石を耕すように散らばすのである。すると隠れていたヨシノボリが、あわてて上に出てきて流され、待ち受けていた網に入るという仕掛けである。また、鮴や鰍のような小魚専用の簗《やな》にかかることもあり、捕れたヨシノボリは佃煮や汁の実に使われるのである。

その小魚のヨシノボリを最初に刺身にしたのは畑野修平であった。修平は「右宮屋権之丞」の厨房に入る前は、高山市で小さな料理屋を営んでいた。そこで二〇年以上もコツコツと川魚を中心とした料理をつくっていたのだが、ある時、川魚漁師がヨシノボリをかなりの量持ち込んできたので、得意の佃煮に加工した。

それを作り終えて、後片付けをしているときのこと、ヨシノボリを入れておいた魚《び》籠《く》を洗おうとすると、その底に五〜六匹のヨシノボリがまだ蠢《うごめ》いているのに気付いた。佃煮にされずに残っている運のいいやつだと思いながらも、こんな少量では佃煮にしようもない。とはいえ捨ててしまうのは勿体ないので、後で汁の実にでも使おうと思い、一旦丼鉢に水を張り、そこへ入れておいた。ハゼ科の魚は水の中でなくても鰓《えら》呼吸をするので、水の入った丼鉢に移されるとそれこそ水を得た魚の如く、元気を取り戻していた。

夕方となり、そろそろ客も見える時間になったので、修平は鮎の「背越《せご》し膾《なます》」を造るために活魚水槽から元気な鮎を数尾取り出した。実は修平の鮎料理は、大店の厨房長たちまで一目おくほどの腕前で、背越し鮎の包丁捌きも見事である。先ず鮎の首を落とし、背鰭《せびれ》を去り、腹をよく洗い、小口から薄造りに包丁しておろし身に塩をまぶし、二〜三分間置いてから米酢の生酢《きず》で塩を洗い流し、これを向皿《むこうざら》に盛りつけ、胡瓜《きゆうり》、青《あお》紫蘇《じそ》の千切りを妻《つま》にして出すのである。

この背越し膾の付けだれには、珍しい玉子酢を使うのが修平流で、その仕方は玉子五個、砂糖一二〇グラム、酢一八〇cc、塩少々をよく掻き混ぜて鍋に移し、弱火《とろび》にかけて杓子で絶えず掻き回しながらドロドロと玉子が半熟化したら鍋から下ろし、それを裏ごしにかけるのである。

修平はそれらの下拵《したごしら》えを終えて、あとは客が来るのを待つだけという段で、ふと、丼鉢に入れておいたヨシノボリのことに気がついた。そこで、とにかく汁の実にしようと、一旦組板の上にのせてあらためてよく見ると、たった今同じ組板の上でおろした鮎とは比べ物にならないほど小さいのに一笑した。鮎は二〇センチほどのものであったのだけれども、ヨシノボリはおよそ四センチほどしかない。その小魚をじっと見ていた修平が急に閃《ひらめ》いたのは刺身にできないか、ということであった。それはとっさの思いつきではなく、組板の上に魚があって、その脇に刺身包丁があったという、単なる状況的発想であった。

そこで修平は、とにかくやってみようかと思い、使い慣れた刺身包丁を手にしてみたが、それでは大きすぎてまったくこなせない。

そこで次に取り出したのが鰻包丁の中でも特に小さい鰻裂《うなぎさき》の薄刃であった。この包丁は刃の長さ約一〇センチ、柄もほぼその位で、中には柄が付いておらず、先端にわずかに鋭刃が付いているだけのものもある。鰻職人はこれらさまざまな包丁を使いわけて鰻を裂いていくのである。何せ飛騨には七〇〇有余年の歴史を持つ「関孫六《せきのまごろく》」で知られる刃物の関《せき》があり、また高山市にも何百年も続いてきた匠の刃物屋がある。修平は料理職人の命たるべきその包丁を、それらの高名な店に足を運び、選び、買ってきた。時にはそれらの老舗の刃物屋に出向いて、自分に合う包丁を特別注文して購入してきた。恐らく彼の持つ名刃は大小合わせて百は下るまい。そこには骨切り出刃、おろし出刃、本霞の刺身包丁、西の柳刃《やなぎば》、蛸引《たこひき》、野菜切りの鎌型薄刃包丁など一般的な和包丁から、牛刀、三徳包丁、ペティナイフ、スライサー、洋出刃、筋引《すじひき》などの洋包丁を揃えて、和洋八〇丁は下らない。

修平は先ず、その柄が付いていない鰻裂の薄刃の包丁を手に取り、俎板の中央に据いたヨシノボリの頭を落した。その頭の大きさは小豆《あずき》のひと粒大である。次に尾の方から慎重に薄刃を入れて頭部の方に引いていくと、ピラピラとした薄い一枚のおろし身が得られた。その大きさと形は、ちょうどマッチ棒を押して平らにした位のものである。中骨に付いた半身のヨシノボリをピンセットでそっと持ち上げて裏返しにしてから、再び尾の方から注意深く裂き上げ、二枚めのおろし身を得ると、可愛いほど小さな中骨だけが残っていた。

こうして次々に六尾のヨシノボリをおろし、合計一二枚のおろし身が揃った。だがそのまま一枚ずつ食べたのでは、あまりにも小さいおろし身なので、じっくり味わいたくとも口の中のどこかへ消えて行ってしまいそうで歯痒《はがゆ》い。とは言っても六枚まとめて一口で食べたのでは、あっという間にその味覚は終ってしまう。

そこで修平は、妙案を考え出した。それは、鰻裂の先端部の鋭利な刃先で一枚一枚を細かく刻むことであった。こうするとおろし身の表面積は飛躍的に大きくなり、微細な身でも舌との接触面積は格段に広くなって、その分うま味を強く感じられるからである。それを実行してみると、皿に置いた六枚の細断身はぐっとまとまって立体的になり、量が増したように見えるのである。

こうして、ヨシノボリのたたきのようなものをつくってみたが、まだ客は来ないので、とにかくそれを食べてみることにした。小さな吹き寄せ小手塩皿《おてしょざら》に醤油を二、三滴とり、そこに箸の先端で摘み採った微量の山葵をとかし、その箸先でヨシノボリのたたき身をごそっととり、それを山葵醤油にチョンと付けて口に入れて食べた。修平にとっては、生まれて初めて口にするヨシノボリの刺身であった。

たたいて細かくなっている身とはいえ、歯に小さく応えてコリリ、プルルとし、そこから上品で癖のないうま味と甘みとがチュルチュル、ピュルピュルと湧き出てくるのであった。そして鼻孔から海苔《のり》の香りを思わせる微かな芳香が抜けてきたのには驚かされた。恐らくそれは、清流によく生えるカワノリ科に属する淡水性の藻類をヨシノボリが採食していたためであろう。

修平は、たちまちヨシノボリの刺身の魅力にとりつかれ、その翌日からは意識的にヨシノボリを取り寄せて、本格的なたたき造りに没頭した。こうして一ヶ月後には、一〇尾のヨシノボリから小さな小手塩皿に山盛一杯分のたたき身が出来るようになった。そこで店内、とはいっても五坪ほどの小さな店ではあったが、品書を書いて吊してある小さな黒板の脇に「ヨシノボリのたたき（一日三人前限定）」とマジックインクで書いたボール紙を貼った。この品書きを見た常連客は、きっとびっくりするに違いないと修平は期待した。

高山に住む人たちは、小さいときから川で遊び、川の恵みをいただき、川のことはなんでも知っているので、ヨシノボリの名前や姿などは誰もが覚えている。だからまさかそんなに小さな魚を刺身におろしてたたきにするなど、到底考えられないだろうからだ。

最初に店にやって来た常連の小学校の教頭先生は、その品書きを見たとたん、おやっ？というような顔をして修平に聞いてきた。

「修ちゃん、これ本当にヨシノボリのたたきなのかい？」。

「ええそうですよ」。

「あのちっせい小魚がか？　そりゃ本当なら日本一小さな魚の刺身、ということにな るなあ、よしそれ頼む」。

修平あらかじめ拵《こしら》えておいたたたきを目の前に出すと、それを見て教頭は半信半疑。しげしげとその小さな皿に盛られたたたきを見ている。そして教頭「なんだ、本当にちっちゃな身の粒々だな。このひと粒なら俺の虫歯の穴に入っちまいそうだわな。どれどれ味わってみましょうや」と興味津々。何粒かの身を箸でとり、同じく小さな皿に注がれている本葵醬油にちょんと付けて口に運んだ。そして目を瞑《つぶ》り、天井の方に顔を向けてムニャムニャムニャと口を動かして味わっている。そして、それをコクリと呑み込んでから、

「修ちゃん、これ本当に不思議なうま味だな。甘みよりもうま味ばかりの感じするし、匂いも何となく海苔っぽいというか川の匂いみたいだな。このちっさいひと皿でヨシノボリ何匹分だ？」

「五匹ですよ」。

教頭先生は残りのたたきにも箸を付け、また目を瞑ってムニャムニャムニャと味わっている。そしてコピリと呑み込んでから、

「この店の売りものにしたらどうだろうか。そうだ、先日テレビで見たんだけど、どんなものでも世界一になれば、ギネスっていうところが認定するそうだ。そうなったら珍しがって世界中の食通がこの店にやって来るかも知れないぞ」。

もう教頭先生はすっかりヨシノボリのたたきに夢中になっている。

こうして恐らく世界一小さい魚のたたきは、修平の小さな店「居酒屋川端」の常連客の間で名物となり、それを耳にした新参の客もあって、高山市の飲食店の間では結構話題が広がった。しかしその後修平は店を畳んで「右官屋権之丞」の厨房に入ったので、その幻の「ヨシノボリのたたき」は一旦消えることになる。

ところがある時、主人の誠一郎が修平との雑談の中で、その幻のたたきのことを知った。野趣料理や包丁捌きなどについては異常なほど興味を持っている誠一郎はたちまちその話に引き込まれ、修平に詳しい話を聞くのであった。そして一度自分の目の前でヨシノボリをおろし、たたき身にして欲しいと頼んだのである。修平はひとつ返

事で承知し、誠一郎が早速ヨシノボリを二〇尾も手に入れると厨房でその腕前を披露した。

めったに見られないヨシノボリの刺身というので、修平を取り巻いての見物人は誠一郎のほかに誠也、誠二、近藤英輔、柴山真一、静代、赤児を抱いた茜であった。さすがに修平の包丁捌きは素晴らしく、みるみる間に一〇尾のヨシノボリをおろし、その身をたたきにして小皿に盛った。

その世にも珍しい珍味を先ず口にしたのは誠一郎で、先端の極く細い箸でそのたたきをごっそりととり、本葵醤油にチョンと付けて食べた。全員が誠一郎の反応を凝視している。ムシャムシャムシャと口を動かし、味を吟味していた誠一郎は開口一番「うまい。清流の上品なうま味に染まっているわ」と言うと、その小皿と箸をそのまま誠也に渡す。

こうして全員が舌と鼻に神経を集中させて、初めてのヨシノボリのうま味と微かな川藻の香りに感心した。それからというもの、誠一郎は修平の手解《てほど》きを受けてヨシノボリのたたき造りに挑戦し、そのうちに修平とほぼ同じようなものが造れるようになった。そしてそれ以後は、よほど大切な常連客や中央あたりから賓客が見える予約日に合わせて造り、客を驚かせ、そして喜んでもらうのであった。厨房で忙しい修平は、ヨシノボリをたたく誠一郎の姿を見ながら笑っているのであった。

清流の恵みについて「右官屋権之丞」では、いまひとつの幻の逸品がある。それは藤丸家に昔から伝えられてきた大傑作で、これを使った料理で持て成すと、客の舌は例外なく踊り出すのである。とにかく驚くほど濃厚なうま味とコク味を持ち、その上、熟れた塩味と辛味を持ち合わせているのがその「沢蟹《さわがに》の南蛮《なんばん》醤油」なのである。

沢蟹は山の中の清流な湧水や小川の縁《へり》などに生息しているので別名「清水蟹《しみずがに》」とも呼ばれる、日本の固有種である。青森県から鹿児島県のトカラ列島付近にまで生育領域を広げている小さな蟹で、甲羅の幅はせいぜい三センチほどのものである。純淡水棲の蟹で、昔から唐揚げや佃煮にしたり、和食の膳の彩りや酒肴などに用いられてきたが、寄生虫であるウェステルマン肺吸虫の中間宿主になっていることもあるため、食べる際にはよく火を通さなくてはならない。

藤丸家が所有する裏山には、北アルプスからの伏流水が湧水する場所が何ヶ所もある。いずれも小さな噴水孔からチョロチョロと地上に清水が湧き出していて、それらの水がやがてひとつになって、小川をつくり里山に流れ下ってくるのである。

その山の中の小川の川底や川縁《かわべり》には、大小さまざまの石や砂利が散らばっていて、そこに川蟹がワサワサと蠢いているのである。藤丸家では古くからそこで川蟹を捕ってきて利用してきた。

捕獲法は簡単で、竹で編んだ小型の筌《どう》の先端が細くなった部分を枯草などで塞ぎ、その中に川蟹の好む小さなミミズや細片した煮干などを入れて川縁など二〇ヶ所に仕掛けるのである。この沢蟹捕りは誠二の仕事で、仕掛けて二〜三日すると筌の中には沢蟹が何十尾も入っている。それを回収し、再び同じ仕掛けをして蟹の入るのを待つという按配《あんばい》である。

こうして何度か仕掛けを繰り返すと、年一度の漁期である一〇月中にはかなりの量が収穫できる。藤丸家に残る記録によると、昭和八年一〇月の漁では五貫《かん》四〇〇匁《もんめ》、今でいうと約二〇キログラムも獲れている。当時に比べれば今は大分減って、ここ数年の平均は七〜八キログラムと記帳されている。

なぜ一〇月にしか捕らないのかというと、沢蟹の活動期は春から秋で、冬期には川の縁の岩陰などで冬眠に入る。その直前の沢蟹は、冬眠のために栄養を蓄えていて、身にたっぷりの肉と味噌を付けており、この時期のものを紅葉蟹《もみじがに》とも呼び最も美味しいからである。勿論資源保護も考え一ヶ月だけとしているのである。

捕った沢蟹は、まとめて仕込まれるが、その仕込みは静代と誠二の二人が受け持っている。先ず沢蟹を生きたまま釜の中に入れ、そこに水を加えてひたひたの状態にし、火にかける。すると釜の温度が上るにつれて茶褐色だった蟹の甲羅は次第に鮮やかな赤みを帯び、全体が真っ赤になった時点で火を止めるのである。ここの火の入れ具合が大切で、蟹の身を完全に煮熟してしまうのではなく、さっと茹で上げる頃合いにとどめるのである。その火加減の極意を覚《さと》れるのは静代なのである。

こうして茹でた蟹の身は笊《ざる》で掬い取り、脇に用意しておいた石臼《うす》に移し、それを杵《きね》で搗き潰すのである。釜に残った茹で汁は、仕込み水に使うのでそのまま取っておく。杵ですっかりと搗き潰された蟹は殻と身とが混泥して、ドロドロの状態になっている。煮るなどせず、生きたままを搗き潰しても良いのではないかと思うけれども、藤丸家では昔から決してそうせずに必ず一度火にかけるのである。生であると寄生虫の危険性がある、などと昔の人は誰も知らなかった筈だけれど、そのような理由ではなく、一度さっと茹でることにより、美味しい沢蟹の南蛮醤油が出来ることを知っていてのことである。

このようにして潰した蟹の身は、漬物樽に移す。この樽には、酒樽と同じように胴を巻く竹製の箍《たが》が上下二段に回され、しっかりと樽材を締め付けているので液体が一滴たりとも漏れ出すことはない。その樽の中に潰した蟹の身と殻を全て入れ、さらに釜に残っていた煮汁も移す。そして、更に驚愕の仕込みが続く。樽の中の蟹の上に激辛で真っ赤な唐辛子である「鷹の爪」と「虎の尾」の微塵《みじん》切りをびっしりと重層していくのである。何百本もの唐辛子を辛辣《しんらつ》な種ごと刻んで蟹の上全面に被せていくその光景は凄絶極まるものである。

その二種の唐辛子は、藤丸家の畑の肥沃な土で静代と誠二が栽培したものであるだけに、鮮やかで真っ赤な色は目に冴え、そして辛さも激烈である。次に、その唐辛子の上から米糀をパラパラと撒きながら振り加え、そこに生蟹重量の三割もの量の天然塩が加えられるのであった。米糀を加えるのは、大量の唐辛子と食塩存在下でも発酵を順調に進めるための発酵助材である。

こうして全ての材料が樽に仕込まれると、全体を混ぜ合わせてから一番上に落とし蓋をし、その上に重石《おもし》を置き、樽全体を蓆《むしろ》で囲って了《しまい》とする。こうしてあとは一年間、じっくりと発酵と熟成を施すのである。

そして一年後、その沢蟹の唐辛子醬油は驚きをもって樽から顔を現わすのである。蓆の囲いを解《ほど》き、重石を取り、ぐっと沈んだ落とし蓋を取ってみると、真っ赤であった蟹の甲羅は全体に淡い黒色を帯びた濃い赤銅色となり、また周りの液体も醬油のように黒い色を帯びている。そしてそこから起ってくる匂いは、蟹を煮熟したときに出る甲殻類特有の蒸《む》れたような匂いと、辛辣な辛さを思わす唐辛子の匂い、そして醬油のような発酵香である。

それを誠二は樽から汲み出して濾《こ》すのである。先ずいつも使っている木綿製の濾し袋を三枚と受け用のステンレス製二五リットル容量の大型ボウル三個を用意する。次に三枚の袋に発酵し終った諸味《もろみ》を三等分して入れ、それを吊し棒に固定して滴《した》り落ちる濾し液を下で待ち受けるボウルに滴下させ、蟹醬油を集めるのであった。こうして三日も吊しておくと、袋には蟹殼や唐辛子の皮などの不溶性の残渣が残り、ボウルには美味しい蟹醬油が集まるのである。

こうしてそのボウルに溜った発酵液は、実に神秘的なものである。色は全体が深みを帯びた赤銅色、香りは蟹と唐辛子から出てきた野性的匂いに醬油特有の発酵香が付いている。それを嘗《な》めてみると、蟹のうま味が非常に濃く、穀物を原料とした醬油とは比較にならないほどの迫力と野趣味を持っていて、そこに壮絶な辛さと濃い塩味が重なって、豪快で怒濤のような調味液であった。

そのうまくて、辛くて、塩っぽい沢蟹の醬油をじっくりと味わってみると、実に不思議なことがわかる。確かに激辛であり激鹹《げきかん》には違いないのだが、唐辛子本来の針を刺すような痛感的な辛さではなく、円《まろ》やかさがあって優しい辛さなのである。また塩味の方も、ただ激しく塩っぱく塩角《しおかど》が立っているというものではなく、こちらも丸みがあって穏和な塩っぱさなのである。これはきっと、原料に使った沢蟹の体に潜む野生の力と、米糀の力、発酵菌という微細な生き物の力とが一体となって、発酵と熟成とが理想的に進行したためなのであろう。

その沢蟹の醬油を「右官屋権之丞」では持味の特性を生かしてさまざまな使い方をしている。先ず「沢蟹ドレッシング」である。味が濃厚なので水で薄めた蟹醬油を米酢と合わせ、茜色のドレッシングにするのである。面白いことに、この蟹醬油を水で薄めると本来赤銅色であったのがとたんに赤さを増してきて夕焼けの茜色になってくるのである。店ではこれを「夕陽のドレッシング」と呼んで珍重し、客にはこれを野菜サラダにかけてもらったりして、ほんのりとした蟹の風味と爽快な辛みを楽しんでもらうのである。また同じく酢を使って「沢蟹ポン酢」もつくり、鍋料理や雑炊《ぞうすい》のタレとして大いに喜ばれている。

しかし、何といっても「沢蟹醬油のしょいのみ漬け」はご飯のおかずにしても、また土産にしても人気の高い漬物となった。「しょい」とは醬油、「み」は実のことで、つまり「醬油の実」という意味である。この逸品は漬物名人お静の考案で、沢蟹醬油を薄めずにそこに米糀を多めに加えて甘みを出し、そこに出汁昆布を細く刻んだもの、塩漬けしたナスとキュウリを塩出ししてから刻んだもの、生の唐辛子の「鷹の爪」と生ゴボウ、生人参、生生姜、生のシソの実などを加え、そのまま漬け込んだものである。これらの具は、うま味と辛味の濃い蟹醬油にしっとりと包まれて時を過ごし、半年後にはすばらしい漬物に出来上るのである。

この漬物をご飯茶碗に盛った温かい飯《めし》の上に、ほんの少しのせて客に食べていただく。純白の飯の上に黒い色あるいは赤銅色さらには茜色に染まったしょいのみがのり、とりわけ点々と眩しく散る真っ赤な鷹の爪が鬼才ぶりを放っていて、見ただけで食欲を惹起させるのである。

それを軽く混ぜてからひと口食べて噛む。するとその瞬間、芳醇な醬油の如き発酵香の中から蟹の匂いがふわりと鼻孔から抜けてきて、口の中では噛むにつれて飯からの耽美な甘み、蟹醤油の濃厚なうまじょっぱみなどが湧き出てきて、それを鷹の爪のピリ辛が囃し立て、口の中はそれらの香味で溢れんばかりである。

さらに二口目、三口目も頬張って噛むと、今度は蟹のうま味を吸いとった昆布、ゴボウ、人参、生姜、シソの実といったしょいのみが歯に潰されて、そこからさまざまなうま味や塩っぱみ、辛みが湧き出してきて、それらを飯や糀の甘みが包み込んで、素朴にして優雅なほどの妙味を味わうことができるのである。

以上の如く、山から流れてくる昔からの清流は、さまざまな恵みのものを「右官屋権之丞」に授けてくれた。その因果の背景には、掛けがいのない美しい水を守り続けるために藤丸家の先祖代々が踏襲してきた森と水の哲学とその実践があったのである。それが美しい自然をいつまでも形成し、その環境に適応した野草根菜や、野生動物が命を育み、そしてそれらを恵みものとして少しずついただくという、「右官屋権之丞」の主導による環境循環システムを昔から構築していたのである。

藤丸家に長く伝えられてきた戒律のひとつに「山からの水は神仏の汗雫《しずく》」がある。その奥義は「日頃使っている水の一滴一滴に神仏が宿っている。だから疎《おろそ》かに扱わず常に有難き心で接せよ。さすれば水神観音の霊験《れいげん》灼然《いやちこ》となる」、という教えで、誠十郎、誠一郎、誠也にも代々言い伝えられてきた戒律であった。

二一、幽寂の菜飯《なめし》

歴史の古い藤丸家には、代々の当主に伝えられてきた重要な伝承事項がさまざまあり、それが何代にもわたって確実に実行されてきた。言わば藤丸家数百年の見えない血脈のようなもので、今でもそれは第一六代の誠也にも受け継がれていて、一七代候補の誠士《まさし》にもそうされるのである。

ところがこれは跡を継ぐ男性の話で、女性たちはどうかというと、実はそこにも大切な伝承事項の受け継ぎが脈々となされてきた。それは正月や大晦日、盆、冠婚葬祭といった年中行事の仕方と、「辛物御三家」でも見られた料理のつくり方である。とりわけ料理はその家の顔であり、度量や外聞、格調などに係る藤丸家固有の流儀であるから、ここを疎かにすることはできない。料理の材料から火加減、水加減、食器、味付け、配膳その他諸事項の隅々まで確実に受け継ぐことが必要であった。こうして今の世も第一四代のヨノから一五代の静代に、第一五代の静代から一六代の茜にと、あるときは言葉で、あるときは手習い実習で、さらには料理出来栄えの良し悪しなどの厳しいチェックで教え込まれるのである。

藤丸家に嫁に来た女方のとても辛《つら》いことのひとつであるが、しかしこのことが静代と茜の時に大いに役立ったのである。それは静代の夫誠一郎が旗亭「右官屋権之丞」を開店するにあたり、客に提供する料理を、他の料理屋では出す事のできないものだけと決めていたからである。そのため、今でいうジビエ料理や自分たちで育てた放し飼いの鶏、自家栽培の有機野菜などで献立てを組み立てたのである。そして、何よりも助かったのは、昔から藤丸家に伝わるさまざまな料理を組み入れられたことであった。それを可能にしたのが静代の存在だった。

静代は嫁に来てから直ぐに、姑のヨノから徹底的に藤丸家の料理作法一式を教え込まれ、その目に見えない財産を藤丸家と自分のものとして腕と心に内蔵していた。

ところが突如として夫の誠一郎が包丁を握ることになり、今度は自分がその料理を教える立場に代ったのである。何百年と続いてきた藤丸家の歴史の中で、外から嫁いできた嫁がその家に代々伝わってきた料理を主人に教えるなどということは、おそらく初めてのことであろう。そして、誠一郎は当主に代々伝わる秘伝のほか、藤丸家に古くから伝わる料理を静代から学び、そしてそれを長男の誠也に教えていく。正に継続は力なり、である。

誠一郎が静代から伝えられた藤丸家の料理は数多くあったが、その中で特に重要なものに「菜飯《なめし》いろいろ」がある。「菜飯」とは、正統料理の定義では「刻んだ青菜を炊き込んだ飯。あるいは、さっと湯に通して塩を加えた青菜を混ぜた飯」である。昔は「糧飯《かてめし》」とも言って、米に野菜や海藻などを混ぜて炊き、飯の量を増やすためにつくったものであった。

しかし藤丸家に伝わってきた菜飯は、必ずしも菜ばかりを炊き込むのではなく、時には野鳥の肉や川海老、豌豆《えんどう》、薩摩芋といったものも炊き込むので、菜飯あるいは糧飯というよりは美味しさを希求するための「炊き込みご飯」または「混ぜご飯」と思ってもよいのである。

その菜飯が、「右官屋権之丞」の品書きの上でなぜ重要なのかというと、それを食事の中間あるいは最後に客に出すからである。そのためその日出した料理とのかねあいで、飯と炊き込む具材は何にするのか、あるいはその菜飯の味の濃さはどれぐらいにするのかなどが料理人に問われるのである。

ところが藤丸家には、いかような場合にも対応できる菜飯処方箋が残されていて、それを書き留めた文書を静代はヨノから渡されて引き継いでいる。そもそも藤丸家は当初から料理業などはしていないのにかかわらず、このようにさまざまな料理奥義が帳簿に認《したた》められているのは何故か。それはかつて藤丸家がこの地方によく見られる豪農に準《なぞら》えられた大きな農家であったからである。例えば今も藤丸家からはそう遠くないところにあり、その富裕ぶりが偲ばれる白川郷合掌造り民家の如き篤農家である。

そのような農家は、集落で行われる行事や、冠婚葬祭にはいつも関わっていて、年中多くの客人の出入りが頻繁であった。そのため、その都度客に出す料理をいちいち考えていたのでは埒《らち》が明かないので、こうして帳簿に記入しておき、会合の目的に合わせて臨機応変に料理を賄うのである。

ここで、誠一郎あるいは誠也のつくる「右官屋権之丞」流の菜飯を幾つか紹介しておこう。先ず誠一郎のつくる菜飯の基本は「葉飯《はめし》」で、そのひとつに「五加飯《うこぎ》」がある。

五加は庭木でもあるが広範囲な薬効が広く知られていて、「五加飯」は養生食としても知られたものである。五加の若菜をよく洗ってから蒸し、それを細かく刻んでから塩を少し加え、これを竈《かまど》で火を引く直前に釜飯の上に置いて蒸らしたもので、さらに大根や蕪《かぶら》の生え始めの間引菜あるいは摘み菜に熱湯をかけてから細かく刻み、塩を加え、炊き上った飯に混ぜ合せた葉飯もつくる。

「枸杞《くこ》飯」も葉飯で、枸杞の葉をざっと塩で揉み、水でよくしぼってから細かく刻み、さっと湯を通してから塩を加えて味をつけ、これを竈で火を引く直前の釜飯の上に置き、蒸らしたものである。ほかに桑の葉を使った「桑飯」や「煎茶飯《いりちゃめし》」、蓮の葉の「蓮飯」なども誠一郎の得意の葉飯であった。

一方、一六代の誠也の方はどちらかというと炊き込みご飯が得意で、藤丸家に残る『料理活用覚書《おぼえがき》』のうちの「飯焚之伝《めしたきのでん》」に記されているその類のものは大概つくることができる。中でも面白いものに「鱈飯《たらめし》」があり、これは藤丸家の秘伝らしく、他の豪農の食事あるいは旗亭の品書きにはまったく見られないものである。その「鱈飯」にもいろいろあって、例えば「加薬鱈鮞飯《かやくたらはらごめし》」は干し鱈子《たらこ》の飯で「鮞」とは魚卵のことである。竈の釜の飯が吹いて火を止める直前に塩に漬けてから干した鱈子をパラパラとほぐして飯の上に全面に撒き、蒸らしてから、よく攪拌して仕上げる。これは実に美味しいもので、飯の耽美な甘みに、鱈子の奥の深いうま味が絡まり、それを飯に吸収させて塩角のとれた鱈子の丸みのある塩味が囃してくれるので、感動しない客はいない。また「干鱈飯《ほしたらめし》」は、干した塩鱈をほぐして釜飯の上に全面にのせ、蒸らしてよく混ぜ合わせ、客に出す。これも誠にもって美味い。

雉《きじ》を使った飯は、通常ならば肉と皮を刻んで醤油と酒などで煎り煮し、それを飯に炊き込むのであるが、誠也による「右官屋権之丞」流はそうではない。皮付きの雉の肉を一度よく焼いてから細かくむしり、釜の飯の上で蒸らし、それをかき混ぜる。ところが、ここから先に思わぬ藤丸家ならではの独創があり、客はその雉飯の食べ方に唖然としながらも、その見事な美味しさに驚嘆するのである。

中丼《ちゆうどんぶり》に半分ほど盛られた雉飯のその脇には椀に入った澄し汁が添えられて出される。その汁は、雉の骨を叩いた殻《がら》を使って出汁をとり、そこに細片した雉肉を加えてさっと煮上げ、それを醤油で味をつけた澄し汁である。客はその汁を丼に入っている雉飯にかけ、本葵あるいは柚子胡椒を薬味にしていただくという、いわゆる汁掛飯《しるかけめし》にするのである。恐らく雉の賞翫法の中でも、主座に位《くらい》するほどの奥の手であろう。

客はこれを啜るようにして口に入れ、あとは飯と肉とをしっかりと噛んで賞味するのである。啜り入れた瞬間、汁から本葵あるいは柚子胡椒の快香とツン辛が鼻から抜けてきて、口の中には微かに飯の甘みと肉のうま味、薬味の辛さが広がる。次に飯や肉をムシャムシャと噛むと、今度は飯の耽美で優雅な甘みと、肉の濃厚なうま味とコクとがしっかりと口中で交錯し、それを雉殻からの出汁味や醬油のうまじょっぱみが音頭をとって、舌を舞い上らせ、頰っぺたを落そうとするのである。ある学者の客は、その頰落舌踊の思いを「飯という白美の妖女と雉肉という勇猛な野武士の演じるラプソディ」と評している。

「右官屋権之丞」からも遠望できる鮎の群れる宮川には、シーズンともなると鮎の佳味を堪能せんと、多くの客が訪れる。当然長年の常連客もやってくるので、鮎料理を得意とする畑野修平も腕に縒《よ》りをかけて、連日使う鮎の選《よ》り別けに眼を光らせている。

なにせ鮎の炊き込み飯だけは誠一郎でも誠也でもなく、修平に任せられているのだ。彼が「右官屋権之丞」に来る前に営んでいた小料理屋の「鮎飯」は、どこの旗亭でも当り前に行なわれている「焼き鮎の姿焼き」を使う仕方であった。これは新鮮な鮎に塩をしてから炭火で焼き、その焼き鮎を姿のまま米といっしょに炊き合わせるというものだ。炊き上ったら釜あるいは炊飯器から一旦鮎を取り出し、頭、骨、尾、鰭《ひれ》などを取り除いて身をほぐし、そのほぐし身を炊き上った飯に戻してからよく混ぜ合わせて客に出すものである。

修平はずっとこのやり方で高山時代を通してきたが、「右官屋権之丞」に移ってからはその方法を捨てて藤丸家流に変えた。その理由は、鮎を知り尽くしている彼が直ぐに気付いたことなのであるが、藤丸家流だと飯の甘みとうま味を損なわせることなく、鮎そのものの香味を飯に移すことができるからである。

誠一郎に教えられたその方法は、米を洗ってから水を切り、一時間ほど置いて釜に移し、それを出汁と酒醤油で炊いて醤油飯をつくる。その時、竈の火を引く直前に、その醤油飯に穴を点々とあけ、その穴に尾を切り捨てた新鮮な鮎を頭を上にして差し込み、飯を蒸らすのである。そして、蒸らした醤油飯から、鮎の頭を指でつまんで静かに引き抜くと骨だけがとれる。差し込んだ他の鮎も同じように頭と骨を引き抜いてから、飯と鮎をよく混ぜ合わせ、出来上りである。さらにこの「鮎飯」を客に出すときには、必ず「鮎の澄《すま》し汁《じる》」を添えるのである。

鮎を細造りにしたり膾《なます》などにしたときに出る骨や頭を一度さっと焙ってから煮出すと、上品な出汁が出る。その出汁に鮎の摘入《つみれ》団子を具に入れたものがその澄し汁で、とても上品な汁の味に濃厚な摘入のうま味が重なり、絶妙である。

その団子のつくり方は、鮎の肉や骨などをよく叩いてから擂鉢で擂り、そこに鶏卵と片栗粉、塩を加えてさらに擂り、これをひと口大に丸める。鍋に熱湯を煮立たせた中にそれを入れ、浮き上ってきたものを引き上げ、冷水に放って冷まし、それを澄汁の実にするのである。

さて、その畑野修平のつくった「鮎飯」と「鮎澄し汁」を膳台の左右に置き、いよいよ客が食べる。先ず澄し汁の椀を左手に持ち、右手に持った箸を構えて、椀の縁《ふち》を唇に付けて軽くズズズーと啜るのである。すると熱い汁は口中に広がり、そこから鮎の上品なうま味がやさしく波及して行く。箸で摘入をとって口に運んで噛むと、崩れたその実から今度は濃厚なうま味がジュルジュルと湧き出てきて、わずかの脂肪がペナペナとしたコクを演出し、誠に品のいい澄し汁なのである。

次に鮎飯を食べる。醬油飯のうま味と甘み、ほんのりとした塩味が口中に広がり、それを鮎の身からの無上の雅味が包み込み、秀逸至極である。醬油飯の穴の中に鮎を突っ込み、そこで蒸し上げるのでその鮎からは鮎以外何も出てこず、無垢の鮎の真味だけが直接飯を包み込むのであるから、これ以上の鮎飯は外にないであろう。藤丸家流は流石《さすが》である。

ところがその藤丸家には、更なる奥の手があって、日本国中どこを捜しても全く比類が無いという、秘伝中の秘伝の炊込飯《たきこみめし》が伝えられてきて、誠一郎は時々それをつくり、「右官屋権之丞」の料理に出しているのである。それが今では客の間から「幻の炊込飯」と囁かれている「鮓《すし》の炊込飯」である。

「すし」には二種類あって、そのひとつは江戸前の握り寿司や関西方面での散寿司《ばらずし》や箱寿司のように、酢飯《すめし》に魚介などを載せたり握ったり混ぜたりして食べる早寿司《はやずし》があり、これを「鮨《すし》」と呼んでいる。一方、昔からのものは魚介を飯とともに発酵させてつくるすしで、これを「鮓《すし》」あるいは熟鮓《なれずし》と呼んでいる。歴史の古い藤丸家では江戸時代からその熟鮓の一種である「鰊鮓《にしんずし》」をつくり、年取りや正月の肴にしたり保存ができるので貴重なタンパク源として重宝してきた。

そのつくり方であるけれど、材料は身欠鰊《みがきにしん》、干し大根、白飯、米糀、塩で、干した大根を使うなどはなかなかの妙手である。先ずしなしなとした干し大根は、皮付きのまま長さ三センチほどの筒切りにしてから短冊《たんざく》にし、これに塩を振り三日間ほど寝かせておく。身欠鰊は鋏で三センチほどの大きさに切り、水で戻しておく。大きな木鉢に大根と身欠鰊を入れて混ぜ合せ、そこに白飯と米糀を加えてさらによく混ぜ合わせる。

それを仕込桶に漬け込んでいくのであるが、ここが肝心なところで、混ぜ合わせたものを掌《てのひら》と拳《こぶし》で押さえながら、空気を入れず隙間をつくらないようにして詰めていくのである。桶の七分目ほどに漬け込んだら、一番上に生の朴《ほお》の葉を二、三枚被せ、その上に藁《わら》束を桶の内側の周囲に合わせて巻くようにして置いていき、さらにその上に落し蓋をし、重石をして二〇日ほど発酵させると、美味しい鰊鮓が出来上る。

漬け上った鰊鮓の何と素晴らしいことか。しっとりと発酵した真っ白い飯と米糀と大根の中に、鼈甲色の身と黒銀色の皮を持った身欠鰊の切身が悠然と散らばっている。先ず身欠鰊を一片、口に入れて噛むと、シコリ、コキリと歯に応え、瞬時に牧歌的とも思える熟鮓特有の香ぐわしき匂いが鼻から抜けてくる。そして口の中には、鰊特有の奥の深いうま味と脂肪からの軽快なコクとがチュルチュルと出てくる。次に大根の一片を食べてみると、こちらはカリリ、コリリとして、そこからは微かな甘みと爽やかな軽い酸味が出てくるのである。「右官屋権之丞」ではこの鮓を酒客への先付けとして出したり、炊込飯に使ったりしている。

鰊鮓を使った幻の炊込飯は、先ず桶から漬け上った鰊と干し大根を取り出し、それを米とともに釜で炊き込むのであるが、この時、いまひとつの裏技があって、それは、炊くときに発酵した飯《いい》の一部も加えることである。すなわち釜には洗米と飯を含んだ鰊鮓が入り、そこに塩味の出汁を張って炊き上るというものである。こうすることにより、米は鮓という神秘の発酵エキスを余すことなく吸収して、これまでどこでも味わったことのない醸しの鮓飯を賞味できるのである。

こうして炊き込まれたご飯を茶碗に盛り、食べてみると、ほとんどの人がその妙味に驚くことになる。先ず飯の匂いを嗅ぐと、そこからは牧歌的というのか、あるいは神秘的とでもいうのか、ほんのりと乳酪香を思わせる淡いチーズの匂いが立ち昇ってきて、鼻を擽《くすぐ》り、それが何となく人間の肉欲的妖香も感じさせて心を噬すのである。

次にご飯を食べると、さらに驚嘆する。ほかほかの飯を口に入れた瞬間、先ず鼻孔からそれらの発酵香が抜けてきて、口の中には飯の優雅な甘みと鰊鮓からの爽やかな酸味とうま味、大根からの耽美な甘みなどが広がり、まさに温かい熟鮓を鼻と舌とで賞翫しながら食べることができるのである。とにかくこうして、発酵した鮓まで使って炊込飯をつくる執念こそ、長い歴史を歩み続けることのできた藤丸家の原点なのかも知れない。

二三一、鯨と家訓

藤丸家に伝わる料理指南のための『料理活用覚書』に、鯨を食べることを勧《すす》める家訓のような記述がある。海から遠く離れた飛驒の国で鯨とは何事ぞ、と思う輩《やから》もいるだろうが、昔から鯨肉は塩漬けにされて、貴重な蛋白質供給源として、あるいは保存食として、山里でも食べられていたのである。

その訓じるところの冒頭に「毒が無く、最も人の体に良く、美味なものは鯨肉である。以後藤丸家一族は、折に接してこれを摂することは元気を保持する法のひとつとすべきである。人の体は元気をもとにして活するものであり、それには穀物と肉をもって補うのがよい。肉の類では鯨が最もよい。ひどく疲労したときや風邪《ふうじや》などで体力が萎《な》えたときには、これが体を温め、精気を蘇らせてくれるから食べるとよい」と鯨食を大いに推奨しているのである。そしてそこには鯨肉の部位ごとに汁もの、味噌煮、鋤焼《すきやき》、塩焼、饅《ぬた》、味噌漬けなどの調理法が詳しく述べてある。

その藤丸家に昔から伝わる鯨料理は、今では「右官屋権之丞」の客にしばしば振舞われるのであるが、これらの料理は誠一郎が一手に引き受けている。それは彼が幼少のころから鯨料理を食べてきて、その味をしっかりと覚えているからである。代表的な料理は「鯨汁《くじらじる》」で、これは美味しいばかりでなく、鯨料理の原点的な意味も持っているのでとても重要なものなのである。

あるとき、その「鯨汁」を食べたいという常連客からの注文により、誠一郎は久しぶりに腕を振るうことになった。客のご一行は一〇人だというので、彼は藤丸家の『料理活用覚書』に則り塩鯨《しおくじら》一貫目、馬鈴薯《じゃがいも》一貫六〇〇匁《もんめ》、玉葱六五〇匁、人参七〇〇匁、莢隠元《さやいんげん》三〇〇匁、味噌三五〇匁、蒟蒻《こんにゃく》六〇〇匁を用意した。

「塩鯨」とは鯨の黒い表皮の下、すなわち本皮《ほんがわ》に厚く層を成している脂身《あぶらみ》を塩漬けにしたもので、脂肪のほかにコラーゲンやゼラチンがたっぷりと含まれていて、ペナペナとした特有のコクと、プリプリとした食感が持ち味である。

その塩鯨は捕鯨基地となる港の加工所から鯨肉取扱い専門業者を通して一キログラム単位の塊りで注文量が送られてくる。「右官屋権之丞」ではその塩鯨を一年間用として一〇キログラム、約三二貫目をまとめて注文し、冷蔵保存しておく。そして料理の度にそれを切り分けて使っていくのである。

材料がそろうと、誠一郎は料理にかかった。馬鈴薯、人参、玉葱、蒟蒻を食べやすい大きさに切り、塩抜きした塩鯨は二センチ角に切る。莢隠元はさっと塩茹でしておく。鍋に馬鈴薯、人参を入れ煮立ってきたら玉葱と塩鯨を加える。馬鈴薯が軟らかくなったのを合図に蒟蒻と莢隠元を入れ、さらに味噌を加えて味を付け、ひと煮立ちさせて出来上りである。

その鯨汁を大きめの汁椀に盛ると、先ず色彩の美しさに目が冴える。味噌汁の黄金色を背景に薄く透けたような塩鯨の脂身と皮の黒、馬鈴薯の淡黄、人参の茜《あかね》色、莢隠元の緑が鮮やかで、ぐっと食欲をそそるのである。

それではいただきましょうかと、客は左手に椀を、右手に箸を持ち、尖《とが》らせた唇に椀の縁を付けて先ず汁をズズーッと啜る。すると熱い汁は口中にさっと広がり、そこから瞬時に味噌汁特有のうまじょっぱみが広がって来て、そこに馬鈴薯からのサラサラとした、玉葱からフワワとした微かな甘みが重なっていく。するとそれを、塩鯨の脂身のペナペナ、キトキトとした濃厚なコクが包み込んで、その絶頂なる妙味は頬《ほう》落舌踊《らくぜつよう》に誘い込むのである。

ところで、鯨汁をつくる時には、下拵えとして塩鯨から塩を抜く必要がある。実はここがこの料理の大切なところで、上手に抜かないと塩気が残ったり、逆に抜きすぎると鯨肉のうま味と脂身のコクが放れていってしまうことになる。しかし藤丸家に伝わる覚書には、その塩抜きの秘伝も詳しく記述されており、誠一郎はそれに従って塩を抜いているのである。その方法は次の如くである。「湧き出ずる清水《しみず》一升に就き塩五匁と酒五斤《せき》を加えこれを鍋にて沸かす。その騰したる湯に身を薄く切りたる塩鯨を加えて一〇の数を唱え直ちに笊《ざる》に取り、湯切りを施す。大井鉢に冷たき清水を溜め置き、笊より塩鯨を取り入れて軽く濯《すす》ぎ洗いてから水を捨て、再び冷清水を加えて濯ぎ洗い、水を切りて了《おわ》る」。

裏山から絶えず湧き出してくる冷たい清水に塩と酒を加え、その沸騰水に薄く切った塩鯨を入れて一〇を数えて直ぐに取り出し、再び冷清水で二度濯ぎ洗って塩を抜くという方法である。塩を抜くのに真水ではなく塩と酒を加えるところに注目されたい。これは調理学的に見ても、とても理に適った方法である。というのは、塩を多く含んだ材料を真水に入れて抜くとすると、水と塩分濃度の差が大き過ぎ、塩だけでなくうま味成分も一緒に抜けてくることになる。ところが塩水に入れると、今度は材料の塩分と水との濃度差が少なくなり、うま味を残して塩分だけが抜けてくることになるのである。また、酒を加えることも正しく、酒がうま味成分の流失を抑える役割をしているのである。

さらに湧き水を使うことも知恵である。地下深くから湧き出てきた水は、たっぷりと無機物を含んだミネラル水なので、ここでもうま味成分を材料に残して塩だけを抜くことができるからである。恐らく藤丸家の昔の人達は、経験の積み重ねでこのような科学性と偶然に出合ったのであろうが、それを後世にきちんと伝えてきた背景には、伝統を重んじる名家の流儀があるのであろう。

藤丸家に残されている鯨肉料理には、外に「煮鯨《にくじら》」があり、それも客から人気の高い料理である。「鯨の肉身を用ゆ。塩抜きて後、大きさ一寸五分四方程に切りて、炭火の上の鍋に水と酒を張り、粒山椒を撒きて半刻《はんとき》煮る也。煮汁減りたれば又水と酒を加えて煮るやう。大根と葱も右の身ほどに切りて後、頃合いを見計らいて鍋に加へ、さらに四半刻《しはんとき》煮る也。仕舞いに醬油を以て塩梅をつけて了也《おわり》」。

この料理指南書を現代風に置き換えて、誠一郎は次のようにして「煮鯨」をつくるのであった。鯨肉と大根それぞれ一キログラムを約四センチ角に切り、長葱二本は三つに切って二つ割にする。鍋に水と酒をそれぞれ五〇〇cc入れ、そこに粒山椒一〇粒を撒き、火にかける。沸いてきたら鯨肉を入れて弱火にし、一時間煮る。煮汁が減ったら水と酒で補う。次に大根と葱を入れてさらに三〇分間ほど煮て、大根がやわらかくなったら醤油で味をつけ、ひと煮立ちさせて出来上りである。

それを少し深めの小碗に盛ると、なかなかの貫禄と風格のある美しさである。全体が濃褐色で、鯨肉は形を崩してふわわと柔らかそう。また大根と葱はそれより幾分薄褐色で、一面が光沢している。現代的に言えば少し硬めのビーフシチューといった感じで、酒の肴にも、ご飯のおかずにも絶好の料理のようである。

客はその鯨肉の小さな塊りを箸で摘まんで食べると、肉はホコホコと崩れてタレを絡めながら口に入ってくる。するとそこからは、鯨肉の濃厚至極なうま味とコクとが湧き出してきて口中に広がり、その頬っぺた落しの味に客は唖然とするのである。その上、鯨肉特有の野生の臭いも、粒山椒の快香に消されて全く起《た》ってこない。

一時間以上も長く煮込むのは、鯨肉には筋《すじ》が付きもので、短時間煮たのでは筋繊維がぐっと締まって、歯が立たなくなるほど硬くなるのであるが、長く煮ると筋は次第に崩壊していって柔らかくなるのである。一緒に煮込まれた大根も葱も、しっかりと鯨肉のうま味に染まって豊満な妙味に仕上っている。

客の多くはこの「煮鯨」を、酒の肴だけにとどめず、多めに残しておいて仕舞にご飯が出てくると、それをごっそりと飯の上にかけていただくのである。すると飯の耽美な甘みに鯨肉の濃厚なうま味がこってりと絡み付き、客衆は目の色を変えて貪るのである。

藤丸家に伝わる「鯨の鋤焼《すきや》き」もしばしば客に出すことにしている。「鋤焼」の語字とその仕方はすでに江戸時代の享和元年に刊行された『料理早指南《りょうりはやしなん》』に「雁・鴨、羚羊《れいよう》などの肉を作り、豆醬油《たまり》に浸け置き、古く使ひたる唐鋤《からすき》を火の上に置き、柚子の輪切を後先に置きて、鋤の上に右の肉類を焼くなり。色変わるほどにて食してよし」と見えるから、藤丸家では後世にそれを鯨に応用したのであろう。

誠一郎は、現代ゆえに鋤を使って焼くことはせず、厚手のフライパンを使って藤丸家流につくっている。そのつくり方は先ず、肉を浸すタレを調合することから始め、溜《たま》り醬油一〇〇cc、味醂大匙二、生姜の搾り汁小匙二を混ぜ合わせ、そこに鯨赤身肉薄切り四〇〇グラムを浸して三〇分ほど置き、油を敷いた厚手のフライパンで焼き上るという、至って簡便な作り方である。とにかく藤丸家の場合は、豆腐や葱、白菜、白滝などを入れて煮て食べる今日のすき焼きではなく、あくまでも肉そのものだけを焼いて食べるという昔からの古式に則っているのである。

だから出来上った鯨肉の鋤焼きは、肉のうま味を余すことなくいただける上に、野趣満点の豪味を味わうことができるのである。

客はその鋤焼きを箸で摘みとり、口に運んでムシャムシャと噛む。すると鯨肉はシコリシコリ、ムチリムチリと歯に応え、そこから濃厚なうま味がジュルジュルと湧き出てきて、その味わいは噛めば噛むほど湧き起るのである。そのうま汁をすっかりと味わってからごくりっと顎下に呑み下し、すかさず辛口純米酒の熱燗あたりをぐびりと呑んで、もうまったく嬉しい溜息をひとつ吐くのである。

藤丸家伝承の「鯨の佃煮」は長期間保存ができる上に即席の肴《な》となるので重宝である。これをつくっておいて、一家は年中便宜してきた。「塩漬の鯨肉は半日程水に漬け置いて塩気を抜きてから用う也。其の肉を薄く細目に切り分け、鍋の湯にて一通《ひととお》り茹で、茹湯《ゆでゆ》をこぼしたる後に、肉一斤《きん》に就き味醂二勺《しゃく》、醬油一合を加へる。其の鍋を中火に掛け刻みたる古根生姜《ひねしょうが》を多目に加へて混ぜ合わせ、箸にて掻回乍《かきまわしながら》、暫く煮詰め汁気《しるけ》無くなりて了《おわ》る也。此佃煮《このつくだに》甚《はなはだ》長き保全に耐《た》える可《べ》し」。

鯨肉の畝須《うねす》、すなわち下顎《したあご》から腹部までの部分が今でいうベーコンである。脂肪とコラーゲンの塊りのようなもので、塩に漬けられて海から遠く離れた山里にまで出回っていた。藤丸家では毎年それを大量に買い込み、蓋付きの切立壺《きりたてつぼ》に保存し、汁の実や炊き込みご飯に重宝してきた。そのため「右官屋権之丞」でも、これを使った「鯨飯《くじらめし》」がしばしば客に振舞われる。

誠一郎の拵《こしら》え方は、畝須肉を壺から出してきて使う分だけ切り取り、それに熱湯をかけてから小さく切る。大根、人参、ゴボウ、椎茸は小さく刻む。畝須肉を鍋に入れてよく炒め、野菜を入れて醬油で味を付ける。竈《かまど》で飯を炊き、火を引く直前の釜飯にこれを加え、よく混ぜ合わせてからひと蒸しして出来上りである。

この「鯨飯」は、飯の一粒一粒が鯨の脂に染められて、実に美味しく、コクもあり、舌の滑りも甚だよろしいので、何杯でもお代りしたくなるほどである。その上、鯨臭がほとんど感じられないのは、炊き込み飯の際にいつも発揮される醬油の底力と、ゴボウや生姜という野生の反骨さが為せる技なのであろう。

「塩鯨の饅《ぬた》」は女性客に特に好まれる料理であり、そこで腕を奮う誠一郎の旨・甘・

酸の味加減は誠にもって巧みである。水に漬けて塩抜きした畝須の塩鯨は、一度ざっと茹でて適度に脂抜きをし、笊に上げて水気を切る。葱はよく洗ってから白と淡緑色を残す程度に熱湯で色よく茹で、水に晒してから軽くしぼり、三センチほどの長さに切る。次に酢味噌をつくるのであるが、ここがこの料理の肝心なところで、「右官屋権之丞」の秘伝と言ってもよいものである。

味噌は白味噌と赤味噌を同量混ぜてよく擂り、そこに砂糖、味醂、酒、卵黄を加えて調理するのである。その際、酢は通常の米酢に柚子《ゆず》酢を合わせるのが奥義である。柚子酢とは果実の柚子玉を搾った果汁で、強いが柔らかな酸味と爽やかな芳香を持った天然酢である。藤丸家では毎年八月から九月に実る青柚子玉を収穫し、それを搾り機で搾って一升瓶に何十本と貯えておき、年中使っている。

こうしてつくった酢味噌はやや赤みを帯びた黄金色で、うま味と酸味、塩味、甘み、コクに絶妙のバランスを持っている。そのトロトロとした酢味噌に、乳白色に透ける鯨の畝須と萌葱《もえぎ》色の葱を加えて優しく和えるのである。

それを食べると畝須はシコシコ、コリコリとして、そこからうま汁と濃厚なコクとがジュルルと出てきて、葱からは耽美な甘みがチュルルと出てきて、それらを酢味噌の甘いうま酢っぱみが包み込んで秀逸である。

ところで藤丸家に伝わる畝須肉の塩鯨の保存法にも秘伝が隠されていて、それは何と豆腐のお殻《から》を使うことにある。その方法は、先ず塩鯨の大きな塊りを二日間寒冷水に漬けることから始める。藤丸家の庭先には、裏山から一年中冷涼な清水が流れてくるので、それに浸しながら晒すのである。二日後水から上げ、それをぶつ切りして小さな塊りに小分けしていく。

別に塩と豆腐殻を半々に混ぜた漬床《つけどこ》をつくっておき、その一部を肉の保存容器である蓋付きの切立壺の底に敷く。そこに幾つかの畝須肉を載せ、その上を漬床で被う。それを手でぎっちりと押し固めてから、その上にまた畝須肉をのせて漬床で被い、押し固める。こうして漬床と畝須肉を交互に漬け重ねていき、一番上を木綿布で押さえて蓋をきっちりとしておくのである。

どうして豆腐殻を使うのかの理由はよく判らないが、藤丸家伝書には「雪花菜《きらず》用ふること忘るる不可《べから》ず。塩のみを用ふるは畝須赤銹《あかさび》を生ずる也。雪花菜塩とともに用ふる由《よし》は脂焼《あぶらやけ》を防ぎ常日純白を保つ也」とある。つまり畝須肉を塩だけで保つと赤錆が付いたように着色するので、そこに豆腐殻を混ぜて使うとそれが防げ、いつまでも美しい白が保てる、という訳である。

これはおそらく現代の科学からしてみると豆腐殻には抗酸化力があるから、ということになろう。また、塩鯨を漬け込むとき、豆腐殻の漬床をぎっちりと押しかためて空気との接触を断っているのも酸化を防ぐ方法である。だが、昔の人はそんな科学的理由などは全く無知であったので、あくまで藤丸家先達者の経験によって生まれた保存法であろう。

一三、山蜜《やまみつ》

さてさて、この野趣に富んだ料理物語の最後は甘い話で締め括ることにしよう。ただ甘い話といっても、男と女の耽美な話ではなく、食べて甘い味のことである。それは料理屋「右官屋権之丞」を創業した一五代目誠一郎の両親、一四代目権之丞誠十郎とその妻ヨノが紡いだ話である。二人はすでに八〇歳を越したのであるが互いは矍鑠《かくしやく》としていて、隠居生活の毎日を悠々自適に暮らしている。

ヨノは、嫁いできて直ぐに藤丸家に古くから伝わる家事因習を受け継ぎ、長男誠一郎の嫁の静代が嫁いでくるまで頑《かたくな》に守ってきた。ヨノが嫁いできて一〇年も経ったころ、藤丸家の伝書にとても興味のある記載があることを知った。当時、藤丸家に伝わる数々の文書を飛騨市に住む郷土史資料研究家の鴨志田懸明《かもしだけんめい》先生が現代文に訳していて、それを時々読ませてもらって知ったのである。鴨志田先生は県立の高等学校で社会科の歴史を担当していた人で、定年退官後は、飛騨市や高山市に多く残されている手つかずの古文書の現代語訳や編纂をしている郷土史家《しか》である。

ヨノがその訳文の一部を見せてもらって、特に興味が湧いたのは「白ざたう及黒ざたうの甘味量《あまみのかて》とその代物《だいぶつ》」の箇所であった。そこには、「白砂糖や黒砂糖は料理の基本材料であるから常に切らしてはならない。また、両砂糖だけで加味を計るだけとせず、山に在る糖の材料を得てきて、それで蜜をつくり、備えおくことも忘れてはならない。甘草、甘茶草《ゆきのした》、甘葛《あまづら》、野蜂蜜、桑果《くわのみ》、木苺《きいちご》、楊梅《やまもも》、苔桃《こけもも》の類はことによろしい」とあり、山にも砂糖代りになる甘味材が随分とあることを知ったのである。

そしてその伝書には、例えば甘葛から樹液をとる方法や、それを二重鍋を使って煮詰め、糖蜜をつくる方法などまで詳細に述べてあり、ヨノは心を弾ませた。あるとき、その山蜜のことを主人の誠十郎に話してみると、彼もその場で興味を持ち、「俺はいつも山に入っているので甘葛の木が茂っているところは知っている。そのうちに樹液をとってきてやるよ」というのであった。

伝書には「甘葛の樹液には甘味が含んでいて、松や杉などの喬木《きようぼく》にからんでいるのを、秋冬紅葉の時期に地上一尺あまりのところから切断し、たとえば糸瓜《へちま》の水取りのように切口に容器を受けておくと、点点と滴り溜まる液汁が蜜のように甘い。藤丸家に仏事があって僧が読経に来たときは、煎茶の中にこの蜜を入れ甘茶煎にして出すことも忘れぬように」などといったことが書かれているのである。

その年の晩秋、甘葛の葉が紅葉した時期に、誠十郎は伝書どおりのことを山で仕掛けてみると、なんと三日後には受け用の大きな丼になみなみ一杯の樹液が溜まっていた。誠十郎はそれを舐めてみて予想以上の甘さに驚き、その樹液を丼から水筒に移して持ち帰り、ヨノに渡した。ヨノも、生まれて初めての天然甘味液を味わってみて、その甘さに胸が熱くなった。

「甘さ不足の折には湯煎《ゆせん》にて煮詰る可《べ》し。即《すなわ》ち大鍋に湯を沸かし、その鍋の内にそれより漸《やや》小さき鍋を置きて、其《その》小鍋に液汁を入れて煮る也。而して濃にして極甘なる蜜を得る事必定也」。今度はヨノが伝書どおりに大小二つの鍋を使って樹液を湯煎にかけたところ、小鍋の中には琥珀色に輝く、トロリとした蜜が出来上っていたのであった。

裏山には甘草も生えている。茎の長さ一・五メートル、葉は羽状複葉で、夏に淡紫色蝶形の小花を穂先に著生する。昔から甘味料に用いられ、その甘さから「蜜草」や

「味草」とも書かれることもある。誠十郎は甘草から甘味液を採ることは前々から知っていて、よく根を採集してきて乾燥し、煮出して甘い液をつくっていた。

ところがあるとき、その話を客で来ていた馴染みの老医者に話すと、「あのな、その甘草も甘茶蔓《あまちゃづる》もだね、漢方薬の材料に使うほどの薬用植物であるからして、根茎には甘い成分だけではなく、さまざまなアルカロイドという毒性成分も含まれているのだよ。だから薄くしてお茶程度で飲むぐらいなら問題ないがね。煮詰めたりすると危険だよ」と恐ろしいことを教えてくれた。

そのため誠十郎は、いつか甘草の根でも糖蜜をつくってやろうという前々からの考えは止めにして、その代り、今度は裏山に群生する木苺《きいちご》で蜜をつくることを計画して、ヨノに話した。するとヨノは、まるで子供の頃に返ったように燥《はしや》いで喜んだ。

裏山のそこには赤い実と黄色の実を付ける二種の木苺があって、赤い方は落葉小低木の早稲《わせ》苺《いちご》と呼ばれるものである。果実の熟期は五〜六月で、実は大粒で酸味が少なく糖分は多くとても甘い。一方黄色の木苺は紅葉苺《もみじいちご》と呼ばれ、枝高一・五メートルほどあり、果実熟期は六月である。美しい黄色あるいはオレンジ色をしていて、とても甘く数ある野苺の中では最も上品で美しい苺とされている。

こうして誠十郎とヨノの二人で始めた木苺の糖蜜造りは、その後ずっと毎年続けられてきて、その年も双方の苺は四月には五弁の小さな白い花を枝いっぱいに咲かせた。そしてそれから一ヶ月半もすると、撓《たわわ》に実を付け、まるで赤色や黄色で飾られた野外のクリスマスツリーのように見えた。そうなると誠十郎は、急に忙しくなり、毎日山に入って実を摘んでくるのであった。朝早く軍用飯盒《はんごう》を一個ずつ両手に下げて裏山に入る。軍用飯盒とは、大戦のとき、日本の陸軍兵がいつも帯行していた携帯用炊飯器で、今日山登りやキャンプなどで使われるものと比べると、かなり大型のものである。

こうして木苺の現場へ着くと、先ず真っ赤な早稲苺を摘み取り始め、飯盒に入れていく。そして飯盒に八分目も入るとそこで一服。しばらくして今度は黄色い紅葉苺の群生地に向かう。そこで別の飯盒に摘み取って、飯盒に八分目ほど溜まると再び一服した後、両手でズシリと重い飯盒を下げて悠々と山を下りるのである。

家に着くと待っていたヨノに木苺を渡す。するとヨノは、赤苺と黄苺を別々にして手際よく糖蜜造りにかかるのである。

木苺を大きめのボウルに入れ、潰さないように手でやさしく水洗いし、それを水が通りやすい麻ふかし布でつくったヨノ特製の濾し袋に入れて搾るのである。その袋は縦長の四角形で、一番上にある口から木苺を入れ、その口の首根のところを麻紐で強く縛る。それを適当な高さから吊し、その下に受けのボウルを置いておく。ヨノはその袋を両手で握って、揉むようにして上から下に向って搾っていくのである。すると、特製の麻ふかし布は布目は小さいのだけれど、透水性が極めてよいので、果汁は布の目を通って下のボウルに滴下してくる。だが繊維質の搾り滓《かす》はその目を通過することができず、袋の中に残るのである。

こうして集められた木苺果汁は、例の湯煎鍋法によって濃縮すると目にも鮮やかな早稲木苺の真紅の蜜と、紅葉木苺の神秘なほど美しい橙《だいだい》色の蜜が得られるのであった。次の日も誠十郎は山から木苺を取ってきてヨノに渡し、ヨノはそれで糖蜜をつくる。このような作業を一週間も続けると、裏山の木苺もほぼ取り尽くすことになり、蜜づくりは終る。

毎日造った蜜を蓋付きの壺に足していくと結構な量になる。あとはこの蜜を夏は冷水で薄めて「苺水《いちごみず》」にしたり、冬は湯で割って「苺湯」で客に出したりした。また「ヨノの飴《あめ》」と称して、この蜜に水飴を加えて固化し、丸めて飴にすると、早稲木苺の飴は正に宝石のルビーの色と輝きに酷似し、また紅葉木苺の飴は華麗な琥珀色に輝く。そしてその甘酢っぱさは、何よりも品位と雅趣があるというので、客の間で大評判となった。また、ヨノは流石に昔風の人だけあって、濾し袋に残った滓は捨てることなく、買ってきてもらったペクチンを加え、野趣豊かな苺ジャムをつくった。

誠十郎とヨノは、隠居の身なので、このように木苺の蜜造りをしたり、また誠一郎の取ってきた茸をヨノは塩漬けにして保存したりもした。とにかく長閑《のどか》で平和で楽しい毎日を、何の苦労も心配もなく、牛歩のようにゆったりと歩みながら生きている。一度しかない人生、これほど幸せなことは外にあるだろうか。

さて、飛騨の山里で個性色の豊かな料理屋を営む料亭「右官屋権之丞」の逸話と、そこに活きる藤丸誠一郎を中心とする人たちの、野趣満点の料理に懸けた生き方などについて述べてきた。そこには自然界から調達してきたさまざまな食材を巧みに利用する「食材自在《しょくざいじざい》」の精神がしっかりと宿していた。また、それらの材料に時間と手間をかけて高級料理に仕立ててしまう「粗料細作《そりょうさいさく》」の技術も完璧に宿っていた。さらに無駄を出さず無理をせず、自分たちでも食材を育てたり造ったりし、とにかく材料はいつでもその土地で、自分たちの手で、を合言葉にした「就地取材《しゅうちしゅざい》」の概念も確立していたのである。一方、ほとんどの料理は台所にあるさまざまな道具や器具をあまり使わず、数本の包丁と俎板、鍋といったものだけで拵《こしら》えてしまう「用具過少《ようぐかしょう》」の信条も貫流している。

これらの主義の根源は一体何処に宿っているのだろうかと考えるとき、思い当るのが「飛騨匠《ひだのたくみ》」である。飛騨の豊かな自然に育まれた「木」を生かす技術や感性と、実直な気質を持っていた飛騨の職人たちの心が彼らに宿っているのではないかと思うのである。「木工」を「料理」に置き替えた匠たちの姿こそ、日本の食の原点を守るのではないだろうか。そんなことを考えながら、この物語を閉じることにする。

──終──

本書はちくま文庫のための書き下ろしである。

本書を木村由花さんに捧げる

新潮社出版部編集者であった木村由花さんは、私の小説『猟師の肉は腐らない』(二〇一四年刊)を最後の仕事として、突然病に倒れ急逝した。木村由花さんは生前、この小説の姉妹編として山の自然とともに生きる人を描いた物語を是非出してみたいと意気込んでいたので、誠に無念であった。今ここにそれを書き上げたので、捧げるものである。

文房具56話　串田孫一

使う者の心をときめかせる文房具。どうすればこの小さな道具が創造力の源泉になりうるのか。文房具の想い出や新たな発見、工夫や悦びを語る。

おかしな男　渥美清　小林信彦

芝居や映画をよく観る勉強家の彼と喜劇マニアのぼく。映画「男はつらいよ」の〈寅さん〉になる前の若き日の渥美清の姿を愛情こめて綴った人物伝。（中野翠）

青春ドラマ夢伝説　岡田晋吉

『青春とはなんだ』『俺たちの旅』『あぶない刑事』……。テレビ史に残る名作ドラマを手掛けた敏腕TVプロデューサーが語る制作秘話。（鎌田敏夫）

万華鏡の女　女優ひし美ゆり子　ひし美ゆり子　樋口尚文

ウルトラセブンのアンヌ隊員を演じてから半世紀、いまも人気を誇る女優ひし美ゆり子。70年代には様々な映画にも出演した。女優活動の全貌を語る。

ゴジラ　香山滋

今も進化を続けるゴジラの原点。太古生命への讃仰、原水爆への怒りなどを込めた、原作者による小説・エッセイなどを集大成する。（竹内博）

赤線跡を歩く　木村聡

戦後まもなく特殊飲食店街として形成された赤線地帯。その後十余年、都市空間を彩ったその宝石のような建築物と街並みの今を記録した写真集。

おじさん酒場　増補新版　山田真由美文　なかむらるみ絵

いま行くべき居酒屋、ここにあり！　居酒屋から始まる夜の冒険へ読者をご招待。さあ、読んで酒を飲もう。いい酒場に行こう。巻末の名店案内105も必見。

プロ野球新世紀末ブルース　中溝康隆

伝説の名勝負から球界の大事件まで愛と笑いの平成プロ野球コラム。TV、ゲームなど平成カルチャーとプロ野球の新章を増補し文庫化。（熊崎風斗）

禅ゴルフ　Dr.ジョセフ・ペアレント　塩谷紘訳

今という瞬間だけを考えてショットに集中し、結果に関して自分を責めない。禅を通してゴルフの本質と心をコントロールする方法を学ぶ。

国マニア　吉田一郎

ハローキティ金貨を使える国があるってほんと⁉　私たちのありきたりな常識を吹き飛ばしてくれる、世界のどこか変てこな国と地域が大集合。

旅の理不尽　宮田珠己
旅好きタマキングが、サラリーマン時代に休暇を使い果たして旅したアジア各地の脱力系体験記。鮮烈なデビュー作、待望の復刊！（蔵前仁一）

ふしぎ地名巡り　今尾恵介
古代・中世に誕生したものもある地名は「無形文化財」的でありながら、「日用品」でもある。異なる性格を同時に併せもつ独特な世界を紹介する。

はじめての暗渠散歩　本田創／髙山英男／吉村生／三土たつお
失われた川の痕跡を探して散歩すれば別の風景が現れる。橋の跡、コンクリ蓋、銭湯や豆腐店等水に関わる店。ロマン溢れる町歩き。帯文＝泉麻人

鉄道エッセイコレクション　芦原伸 編
本を携えて鉄道旅に出よう！　文豪、車掌、音楽家――、生粋の鉄道好き20人が愛を込めて書いた「鉄分100％」のエッセイ／短篇アンソロジー。

発声と身体のレッスン　鴻上尚史
あなた自身の「こえ」と「からだ」を自覚し、魅力的に向上させるための必要最低限のレッスンの数々。続ければ驚くべき変化が！（安田登）

B級グルメで世界一周　東海林さだお
読んで楽しむ世界の名物料理。キムチの辛さにうなり、小籠包の謎に挑み、チーズフォンデュを見直し、どこかで一滴の醤油味に焦がれる。（久住昌之）

中央線がなかったら 見えてくる東京の古層　陣内秀信／三浦展 編著
中央線がもしなかったら？　中野、高円寺、阿佐ヶ谷、国分寺……地形、水、古道、神社等に注目すれば東京の古代・中世が見えてくる！　対談を増補。

決定版 天ぷらにソースをかけますか？　野瀬泰申
食の常識をくつがえす、衝撃の一冊。天ぷらにソースをかけないのは、納豆に砂糖を入れないのは――あなただけかもしれない。（小宮山雄飛）

増補 頭脳勝負　渡辺明
棋士は対局中何を考え、休日は何をしている？　将棋の面白さ、プロ棋士としての生活、いま明かされるトップ棋士の頭の中！（大崎善生）

世界はフムフムで満ちている　金井真紀
街に出て、会って、話した！　海女、石工、コンビニ店長……。仕事の達人のノビノビ生きるコツを拾い集めた。楽しいイラスト満載。（金野典彦）

ちくま文庫

熊《くま》の肉《にく》には飴《あめ》があう

二〇二三年七月十日　第一刷発行

著者　小泉武夫（こいずみ・たけお）

発行者　喜入冬子

発行所　株式会社　筑摩書房

東京都台東区蔵前二―五―三　〒一一一―八七五五

電話番号　〇三―五六八七―二六〇一（代表）

装幀者　安野光雅

印刷所　中央精版印刷株式会社

製本所　中央精版印刷株式会社

乱丁・落丁本の場合は、送料小社負担でお取り替えいたします。

ISBN978-4-480-43897-3　C0193